विवेकानन्द

विवेकानंद

आधुनिक युग के भूमा पुरुष

डॉ. सुरेशचन्द्र शर्मा

Sarvatra
An imprint of Manjul Publishing House

Sarvatra
An imprint of Manjul Publishing House
◆ द्वितीय तल, उषा प्रीत कॉम्प्लेक्स,
42 मालवीय नगर, भोपाल-462 003
◆ 7 / 32, अंसारी रोड, दरियागंज, नई दिल्ली-110 002
वेबसाइट : www.manjulindia.com

यह संस्करण 2019 में पहली बार प्रकाशित

विवेकानंद : आधुनिक युग के भूमा पुरुष

ISBN 978-93-88241-75-5

मुद्रण व जिल्दसाज़ी : मणीपाल टेक्नोलॉजीज़ लिमिटेड, मणीपाल

डॉ. सुरेशचन्द्र शर्मा इस पुस्तक के
लेखक होने की नैतिक ज़िम्मेदारी वहन करते हैं

रामकृष्ण मिशन के वरिष्ठ संन्यासी मुख्यानन्दजी महाराज
की स्मृति को समर्पित

अनुक्रम

आशीर्वाद

"यह बड़े आश्चर्य की बात है कि राजनीतिक स्वतंत्रता के पूर्व भारत में जीवन के हर क्षेत्र में महापुरुषों का उदय हुआ था, उसी भारत में स्वतंत्रता के तत्काल बाद ही महापुरुषों का वह क्रम एकदम लुप्त हो गया।" ये उद्गार हैं रामकृष्ण मिशन के अनन्यतम परमाध्यक्ष स्वामी रंगानाथानन्द जी महाराज के। आज समाज के हर क्षेत्र में निराशावाद और नकारात्मकता ही दृष्टिगोचर होती है। विचार करने पर प्रतीत होता है कि इसका एकमात्र कारण देशवासियों के पास अपना कोई जीवन दर्शन नहीं है।

यद्यपि देश में अनेक सृजनात्मक कार्य चल रहे हैं, परन्तु इन कार्यों का हमारी जीवन-पद्धति पर कोई प्रभाव नहीं है। ऐसी स्थिति में पूर्व राष्ट्रपति डॉ. ए.पी.जे. अब्दुल कलाम की पुस्तक - Ignited Minds के ये शब्द मेरे मन में उभरते हैं। वे कहते हैं, "हम लोग कहाँ गलती कर रहे हैं? संभवतः हम लोगों के मनोभाव में ही कोई समस्या है। एक जड़ता ने हमारे राष्ट्र की मानसिकता को जकड़ रखा है। वैश्वीकरण अर्थ नैतिक संकट, मुद्रास्फीति, आंचलिक विद्रोह, राजनैतिक अस्थिरता इत्यादि बाहरी समस्याओं से अधिक राष्ट्रीय मानस की जकड़ी हुई जड़ता को लेकर मैं अधिक चिन्तित हूँ।"

राष्ट्र की इस जड़ता को तोड़ने के लिए ही स्वामी विवेकानंद का जन्म हुआ था। स्वामी मुख्यानन्दजी के सुझावों से उत्प्राणित होकर लेखक ने विवेकानंद साहित्य का मंथन कर स्वामी विवेकानंद के सन्देश को सार्वभौमिक रूप से प्रस्तुत किया है। स्वामी विवेकानंद के लिए भूमापुरुष (Universal Man) सर्वथा उपयुक्त है। पाठक महसूस करेंगे कि उन्हें एक व्यापक जीवन दर्शन प्राप्त हो गया है, जो समुद्रवत् गंभीर और गगनवत् विस्तीर्ण है, जिसमें प्राचीन और आधुनिक, धर्म और विज्ञान, पूर्व और पश्चिम, देश प्रेम और

विश्व बन्धुत्व समरसतापूर्वक जुड़े हैं। लेखक, सम्पादक और प्रकाशक बधाई के पात्र हैं।

—स्वामी राघवेन्द्रानन्द
सचिव, रामकृष्ण मिशन आश्रम
ग्वालियर - मध्यप्रदेश

"एक वीर पुरुष की भाँति, पूरे जगत को अपने हाथों मे लेकर बदल डालने के सुनिश्चित उद्‌देश्य के साथ विवेकानंद का उदय विश्व के समक्ष पहला संकेत था कि भारत ना केवल आत्म-रक्षा के लिए, अपितु विजय करने को जगा है।"

—महर्षि अरविन्द

प्राक्कथन

श्रीमद्भागवत वर्णित वसुदेवजी द्वारा आयोजित यज्ञोत्सव में भाषण देते हुए भगवान श्रीकृष्ण कहते हैं, "सभासदों! जो मनुष्य किसी 'भूखण्ड विशेष' को ही पुण्य और पवित्र (यत्तीर्थबुद्धि) मानता है, वह मनुष्य ज्ञानी पुरुषों में ही नहीं (जनेश्वभिज्ञेषु), बल्कि वह पशुओं में भी नीच गधा ही है (X.84.13)"।

स्वामी विवेकानंद भारत को पवित्र और पुण्यभूमि मानते थे। पश्चिमी देशों से स्वदेश लौटने के उपरान्त जब उनसे पूछा गया कि रजोगुण से युक्त वैभवशाली नगरों को देखकर अब आपको भारत भूमि कैसी लगती है, तो उसके उत्तर में स्वामीजी ने कहा था, "पश्चिमी देशों में जाने के पूर्व भारत को मैं प्यार करता था, परन्तु वहाँ से लौटने के बाद तो भारत की माटी-उसके प्रत्येक रजकण मेरे लिए पवित्र हैं"। स्वामीजी के ये उद्‌गार उनकी सतही देश भक्ति का परिणाम नहीं थे। ये उद्‌गार भारत के ऋषि-मुनियों की महत्ता और भारत की आध्यात्मिक सम्पदा (Spiritual Wealth) के कारण थे, जैसा कि श्रीमद्भागवत के उपर्युक्त कथन में बताया गया। स्वामीजी इस तथ्य को स्पष्ट करते हुए कहते हैं :

> "और कैसा है यह देश! जिस किसी के भी पैर इस पावन धरती पर पड़ते हैं वही, चाहे वह विदेशी हो, चाहे इस धरती का पुत्र, अपने आपको पृथ्वी के उन सर्वोत्कृष्ट और पावनतम पुत्रों के जीवन्त विचारों से घिरा हुआ अनुभव करता है, जो शताब्दियों से पशुत्व से देवत्व तक पहुँचाने के लिए श्रम करते रहे हैं और जिनके प्रादुर्भाव की खोज करने में इतिहास असमर्थ है। यहाँ की वायु भी आध्यात्मिक स्पन्दनों से पूर्ण है। यह धरती दर्शन शास्त्र, नीतिशास्त्र और आध्यात्मिकता के लिए, उन सबके लिए जो पशु

को बनाए रखने के हेतु चलने वाले अविरत संघर्ष से मनुष्य को विश्राम देता है - पवित्र है। मेरी यह जन्मभूमि अपने इस यशोपूरित लक्ष्य की सिद्धि के लिए है, जिसे धरती या आकाश की कोई शक्ति रोक नहीं सकती-पशु-मानव को देव-मानव में रूपान्तरित करने के लिए" (वि.सा. खण्ड 9, पृ.सं. 298-299)।

उपर्युक्त उद्‌गार से स्पष्ट हो जाता है कि स्वामी विवेकानंद के लिए भारत भूमि आध्यात्मिकता का प्रतिनिधित्व करने वाली शक्ति है, जिसका लक्ष्य है-सम्पूर्ण मानव जाति का अध्यात्मीकरण। स्वामी विवेकानंद के अनुसार भारत का यह ईश्वर निर्दिष्ट कार्य है, जैसा कि उन्होंने लिखा है :

"भारतीय जीवन-रचना का यही प्रतिपाद्य विषय है, उसके अनन्त संगीत का यही दायित्व है, उसके अस्तित्व का यही मेरुदण्ड है, उसके जीवन की यही आधारशिला है, उसके अस्तित्व का एकमात्र हेतु-मानव जाति का अध्यात्मीकरण" (वि.सा. खण्ड 9, पृष्ठ 300)।

इस प्रकार निरापद रूप से कहा जा सकता है कि स्वामी विवेकानंद का भारत-प्रेम विश्व के अन्य राष्ट्रवादियों की तरह स्थूल भौगोलिक ना होकर आध्यात्मिक शक्ति भारत माता और उसके धारक तथा संरक्षक ऋषि-मुनियों के कार्य-मानवता को पाशविकता से देवमानवता में रूपान्तरित करना था। इस अर्थ में वे भारतीयों से जितना प्रेम करते थे, उतना ही प्रेम उनके हृदय में विश्ववासियों से था। अतः उन्होंने कहा था, "निश्चय ही मैं भारत को प्यार करता हूँ, लेकिन मेरी दृष्टि प्रतिदिन स्पष्ट होती जा रही है। हमारे लिए भारत, इंग्लैण्ड और अमेरिका क्या? हम उसी 'ईश्वर' के सेवक हैं, जिन्हें अज्ञ जन 'मानव' कहते हैं"।

श्रीमद्भागवत के ही एक अन्य स्थान (X.89.58) पर 'भूमा' शब्द (भूमा परमेष्ठिना प्रभु) का प्रयोग किया गया है। कथा के अनुसार द्वारकापुरी के एक ब्राह्मण के पुत्र जन्म लेते ही काल कवलित हो जाते थे। एक-एक करके ब्राह्मण के नौ पुत्र मर चुके थे। ब्राह्मण का धैर्य टूट चुका था। ब्राह्मण ने दुखी होकर द्वारकाधीश कृष्ण के समक्ष अपने शोक को प्रकट करते हुए रक्षा की

प्रार्थना की। ब्राह्मण राज दरबार में श्रीकृष्ण बलराम, प्रद्युम्न और अनिरुद्ध जैसे वीरों को खरी-खोटी सुनाने लगा। वीरवर अर्जुन से यह नहीं सहा गया और उसने ब्राह्मण बालक की रक्षा का वचन दिया, "अबकी बार मैं तुम्हारे पुत्र की रक्षा करके ही रहूँगा और यदि मैं ऐसा ना कर सका तो स्वयं अग्नि समर्पित हो जाऊँगा"।

अर्जुन ने प्रसूति गृह को वाणों के छत्र से ढककर पूरी तरह सुरक्षित कर दिया और स्वयं वहीं खड़ा हो गया, परन्तु अबकी बार तो सबके आश्चर्य की सीमा ही टूट गई। इसके पहले तो मृत बालक का शरीर तो पड़ा रह जाता था, परन्तु इस बार तो नवजात शिशु का शव भी नहीं बचा।

निराश हो, अर्जुन आत्मदाह की तैयारी करने लगा। भगवान श्रीकृष्ण ने अर्जुन को रोका और वे दोनों रथारूढ़ होकर बालक की खोज में चल पड़े। रथ पर आरूढ़ होकर कृष्ण और अर्जुन दोनों पश्चिम दिशा की ओर चल पड़े। पश्चिम दिशा के अन्तिम छोर पर घनघोर अन्धकार छाया था। रथ के चारों घोड़े मार्ग भूलकर इधर-उधर भटकने लगे। जैसे-तैसे श्रीकृष्ण ने सुदर्शन चक्र के प्रकाश में रथ को आगे बढ़ाया और उन्होंने देखा कि भूमा पुरुष भगवान पुरुषोत्तम समस्त शक्तियों से युक्त होकर विराजे हैं। भूमा पुरुष के वर्णन से स्पष्ट हो जाता है कि ऐसा पुरुष या व्यक्तित्व जो स्व के विस्तार में सीमाहीन हो। श्रीकृष्ण और अर्जुन को देखकर भूमा पुरुष ने कहा, "श्रीकृष्ण और अर्जुन मैंने ही तुम दोनों को देखने के लिए ब्राह्मण पुत्रों को अपने पास बुला लिया था। अब तुम धर्मराज्य की स्थापना के लिए 'ब्राह्मणत्व' का विस्तार करो"। ऐसा कहकर भूमा पुरुष ने ब्राह्मण पुत्रों को लौटा दिया। उन ब्राह्मण पुत्रों को उसके पिता को सौंपकर सम्पूर्ण प्रजा के रक्षार्थ लोकसंग्रहार्थ कार्य करते रहे।

सुधिजन यदि इस कथा के सांकेतिक निहितार्थों को ग्रहण करेंगे, तो उनके समक्ष एक ऐसा विराट व्यक्तित्व और कृतित्व प्रकट होगा, जो देश और काल की सीमा में रहकर भी उनसे परे है।

छान्दोग्य उपनिषद् में भी 'भूमा' शब्द का प्रयोग किया गया है। नारद ने योगीश्वर सनत्कुमार से 'आत्मज्ञान' के लिए प्रार्थना की। सनत्कुमार ने उनसे कहा कि पहले तुम बताओ कि तुम क्या जानते हो? उत्तर देते हुए नारद ने कहा, "भगवन् मैं 'यंत्रवेत्ता' तो हूँ, किन्तु 'आत्मवेत्ता' नहीं हूँ,

क्योंकि मेरे जीवन में अभी भी शोक है। मैं शोक से रहित होना चाहता हूँ तथा ऐसा असीम सुख प्राप्त करना चाहता हूँ, जिसे प्राप्त कर सुख की इच्छा हमेशा-हमेशा के लिए चली जाए"। इसके उत्तर में सनत्कुमार कहते हैं, "अल्प में सुख नहीं है, भूमा में ही सुख है, क्योंकि भूमा में दुख के बीज तृष्णा का अन्त होता है" ('यो वै भूमा तत्सुखं नाल्पे सुखभक्ति भूमैव सुखं' 29.7.1)।

अल्प से तात्पर्य है जागतिक ज्ञान (Secular Knowledge) तथा भूमा का अर्थ है आध्यात्मिक ज्ञान (Spiritual Knowledge)। इस दृष्टि से स्वामी विवेकानंद 'भूमानन्द' से परिपूर्ण पुरुष थे तथा अल्प (तृष्णा) में आबद्ध मानवजाति को भूमा सुख की ओर ले जाने वाले पुरुष (Universal Person) थे। उनके सार्वभौमिक व्यक्तित्व के सम्बन्ध में बंगाल के सुप्रसिद्ध नाट्यकार श्रीसुत गिरीशचंद्र घोष ने कहा था "महामाया जब श्रीरामकृष्ण के शिष्य नागमहाशय को अपनी रस्सी में बाँधने गई तो वे इतने छोटे (अहंशून्य) हो गए कि रस्सी की गाँठ से भी बाहर आ गए थे और जब महाभाग नरेन्द्र (स्वामी विवेकानंद) को बाँधने गई, तो वे इतने विशाल हो गए कि रस्सी ही छोटी पड़ गई"। ऐसे विशाल और सार्वभौमिक व्यक्तित्व (Universal Personality) को ही यहाँ 'भूमा पुरुष' की संज्ञा दी गई है। इस भाव की अभिव्यक्ति करते हुए उन्होंने कहा था, "हम इस अद्भुत संवेदना-सार्वभौमिकता के लिए कुछ भी और किसी भी वस्तु का त्याग कर सकते हैं"।

स्वामी विवेकानंद जैसे भूमा पुरुष ने देखा कि विचार पद्धति और जीवन पद्धति में विश्व दो गोलार्द्धों में बँटा है - एक पूर्वी और दूसरा पश्चिमी। अपनी 'प्राच्य और पाश्चात्य' नामक कृति में विश्लेषण करते हुए उन्होंनें स्पष्ट कर दिया है कि यद्यपि दोनों का लक्ष्य एक ही है - जीवन का सौन्दर्यीकरण, परन्तु दोनों की प्राथमिकताएँ भिन्न हैं। प्राच्य संस्कृति जीवन को भीतर से सुन्दर बनाने पर बल देती है, जबकि पाश्चात्य संस्कृति जीवन को बाहर से ग्रहण करती है। वस्तुतः जीवन में बाहर और भीतर जैसा विभाजन नहीं है, तथापि जन सामान्य ने उसे भौतिक और आध्यात्मिक जीवन में विभाजित कर दिया है।

इस कृत्रिम विभाजन को मिटाने के लिए स्वामीजी ने भारत के अद्वैत-दर्शन का प्रयोग किया तथा वैज्ञानिक कसौटी पर उसे खरा सिद्ध कर दिया है। वे एक यथार्थ - आदर्शवादी (Real idealistic) वेदान्ती विचारक

थे। ना तो उन्होंने आदर्श को नीचे गिराया और ना यथार्थ की उपेक्षा की। भारत के लिए उन्होंने व्यावहारिक जीवन को समृद्ध बनाने के लिए वेदान्त का प्रयोग किया तथा पश्चिम के लिए उसकी एन्द्रिक लोलुपता से ऊपर उठने का सन्देश दिया।

पुरानी कहावत आज भी सत्य है कि धर्म और राजनीति मानवता को तोड़ते हैं तथा कला और संस्कृति उसे जोड़ते हैं। सौन्दर्यशास्त्र से जोड़कर कला और संस्कृति को यदि देखा जाए तो दोनों का लक्ष्य एक ही है - सत्यम्, शिवम्, सुन्दरम् की उत्तरोत्तर अभिव्यक्ति। अपनी कार्यपद्धति में उन्होंने 'मनुष्य निर्माण' का कार्य चुना तथा उनकी प्रक्रिया थी - 'समष्टि की पृष्ठभूमि में व्यष्टि का निर्माण। उन्होंने अपनी अन्तर्दृष्टि से तथा अपने ऐतिहासिक अध्ययन के आधार पर देखा था कि इसके लिए भारत का नेतृत्व पहले से ही तय है। अतः विश्व निर्माण के लिए भारत का निर्माण एवम् भारत के निर्माण के लिए मनुष्य का निर्माण। वे चाहते थे अद्वैत दर्शन के आधार पर एक 'भूमा व्यक्तित्व' का निर्माण, जो समुद्रवत् गंभीर होने के साथ ही आकाशवत् विस्तीर्ण हो, जिसमें कट्टरतावादी की तीव्रता हो और साथ ही जड़वादी की उदारता का संगम हो।

स्वामी विवेकानंद ने धर्म और राजनीति के परिमार्जन पर भी बल दिया था। दोनों का उद्देश्य है मनुष्य के हृदय से 'पशुता' को नष्ट करना। धर्म मनुष्य की पशुता को भीतर से नष्ट करता है, तो राजनीति संविधान के माध्यम से बाहर से उसे दूर करने का प्रयास करती है। राजनीति का उद्देश्य है अभ्युदय (All Round Collective Development) तथा धर्म का उद्देश्य है निःश्रेयस (Spiritual Fulfilment) तथा दोनों का एक साथ उद्देश्य है - व्यक्ति और समाज की पूर्णता (Individual and Social Perfection)।

धर्म को कुसंस्कारों से मुक्त करने के लिए उन्होंने कहा था, "धर्म का सार है पवित्रता और उदारता (Purity and charity), जो मनुष्य में अन्तर्निहित देवत्व की अभिव्यक्ति (Manifestion of Inmate Divinity) से ही संभव है, जिसके लिए अनुकूल वातावरण (Congenial Atmosphare) बनाना राजनीति और धर्म दोनों का ही साझा कार्यक्रम होना चाहिए"। जैसे धर्म कुसंस्कारों से विकृत होता है, वैसे ही राजनीति भी महत्त्वाकांक्षाओं से विकृत हो जाती है। धर्म दो प्रकार का होता है। एक सेवा का और दूसरा

विशेषाधिकारों का। अतः धर्म के नाम पर किसी भी प्रकार के विशेषाधिकारों का दावा करना अनुचित है। राजनीति भी दो प्रकार की होती है - एक सेवा की और दूसरी सत्तासुख की। दोनों में से विशेषाधिकार और सत्तासुख दूर कर दिए जाएँ, तो दोनों ही सेवा के अवसर हो जाते हैं।

पूर्ण समाज में पूर्ण व्यक्ति आदर्श के रूप में ग्रहण किया जाना चाहिए और 'ब्राह्मणत्व' की प्राप्ति ही पूर्णता का आदर्श पुरुष है। 'ब्राह्मणत्व' एक भारत द्वारा आविष्कृत शब्द है, जो पूर्ण मानव के पाश्चात्य आदर्श से सर्वथा भिन्न है। 'ब्राह्मणत्व' से आशय ऐसे व्यक्ति से है, जो आध्यात्मिकता से परिपूर्ण हो तथा उसमें सांसारिकता लेश मात्र भी ना हो। ऐसे व्यक्ति को ही बौद्धधर्म में श्रमण, जैनधर्म में जिनेन्द्र, ईसाई धर्म में संत, इस्लाम में सूफी तथा भक्त समुदाय में प्रेमी कहा जाता है।

प्रारम्भिक अवस्था में इस पूर्णता की साधना करनी होती है, जो सभी मतों और पंथों के प्रति श्रद्धा, सम्मान तथा सहानुभूति के फलस्वरूप प्राप्त होती है। इसके लिए सभी धर्मों के प्रधान उपदेशों को आत्मसात करने पर बल देना सफल राज्य का दायित्व है। हिन्दुओं की आध्यात्मिकता, बौद्धों की अहिंसा, ईसाई धर्म का सेवा भाव और इस्लाम की सामाजिक समता का आदर्श अनुकरणीय हैं। उसी प्रकार चार वर्णों में से ब्राह्मण की संस्कृति, क्षत्रिय की सभ्यता, वैश्य की वितरण प्रणाली तथा शूद्र की श्रमशक्ति का सामंजस्य करना एक आदर्श समाज की परिकल्पना के निकट है। अर्थ, धर्म, काम और मोक्ष जैसे चार पुरुषार्थों के समुचित विकास के लिए समाज में उचित वातावरण बनाना सुखी समाज की ओर एक अच्छा वर्ग सिद्ध होगा। हृदय और बुद्धि, धर्म और विज्ञान तथा काव्य और दर्शन का संगम समाज को सतयुग की ओर जाने के लिए प्रेरित करेगा।

स्वामी विवेकानंद का व्यक्तित्व एक सर्वांगीण व्यक्तित्व था, जो सभी आयु और वर्ग के लिए, स्त्री और पुरुष के लिए प्रेरक है। नारी के लिए वे स्वातंत्र्य के पक्षधर थे, परन्तु उसके पावित्र्य के प्रति उनका कोई समझौता नहीं था। नारी की प्रगतिशील प्रवृत्ति के साथ सीता, सावित्री और दमयन्ती के पावित्र्य को हताहत करना स्वामी विवेकानंद को मान्य नहीं था।

स्वामीजी के असाधारण और असीम व्यक्तित्व का स्मरण करते ही श्रीमद्भागवत में रंगमंच पर जाते हुए भगवान श्रीकृष्ण के लोकोत्तर व्यक्तित्व

से संबंधित एक श्लोक हमारे मन में सहज ही स्फुरित होने लगता है -

मल्लानामशनिर्नृणां नरवरः स्त्रीणां स्मरो मूर्तिमान्
गोपानां स्वजनो सतां क्षितिभुजां शास्ता स्वमित्रो शिशुः।
मृत्युर्भोजपतेर्विराडविदृशां तत्वं परं योगिनां
वृष्णीनां परदेवतेति विदितो रंग गतः साग्रजः।।

"जब श्रीकृष्ण अपने भाई बलरामजी के साथ रंगभूमि में पहुँचे, तब वे पहलवानों को वज्रवत शरीर, साधारण मनुष्यों को नर-श्रेष्ठ, नारियों को मूर्तिमान कामदेव, गोपों को स्वजन, दुष्ट राजाओं को दण्डदाता शासक, बड़े-बूढ़ों को शिशु, कंस को मृत्यु, अज्ञानियों को विराट, योगियों को परमतत्व और वृष्णिवंशियों को अपने इष्टदेव प्रतीत हुए"।

प्रसिद्ध फ्रेंच लेखक रोमा रोलाँ ने लिखा है, "स्वामी विवेकानंद की सृजनात्मक प्रतिभा को दो शब्दों में रखा जा सकता है - सन्तुलन और समन्वय (Equilibrium and Synthesis)।" विश्व को आज इन दो आदर्शों की अति आवश्यकता है। पुस्तक की सम्पूर्ण सामग्री इन 'दो' आदर्शों पर ही केन्द्रित है।

स्वामी विवेकानंद का बहुपक्षीय व्यक्तित्व और उनका जीवन दर्शन भी सभी के लिए प्रेरक है। हर व्यक्ति अपने-अपने मनोभाव के अनुसार उसमें से विचार राशि ग्रहण कर सकता है। इस आशय से रामकृष्ण मिशन ने 'सबके स्वामीजी' नामक पुस्तिका भी प्रकाशित की है, परन्तु यह पुस्तिका ही है, उनका जीवन दर्शन उसमें नहीं है।

लेखक की इच्छा थी कि स्वामीजी के असाधारण विराट व्यक्तित्व और कृतित्व पर एक पुस्तक लिखी जाए। वर्ष 1979-80 में लेखक ने अपना विचार रामकृष्ण मिशन, बेलूड़ मठ के आचार्य प्रशिक्षण केन्द्र के प्रमुख स्वामी मुख्यानन्दजी महाराज के समक्ष प्रकट किया। उस समय लेखक विवेकानंद केन्द्र, कन्याकुमारी शाखा ग्वालियर के सचिव के रूप में कार्यरत थे। कार्य के महत्त्व को देखते हुए स्वामी मुख्यानन्दजी की पुस्तक - 'Role of Hinduism In One World Ideal' का लेखक द्वारा अनुवाद विवेकानंद केन्द्र, ग्वालियर से प्रकाशित किया गया, जिसका शीर्षक था - 'एकात्मक विश्व के निर्माण

में हिन्दू धर्म की भूमिका'। महाविद्यालयों और विश्वविद्यालयों में यह पुस्तिका बहुत लोकप्रिय हुई। छात्र-छात्राओं ने लेखक से अनुरोध किया कि इससे भी अधिक बड़ी पुस्तक प्रकाशित की जाए, ताकि स्वामीजी के समग्र विचार से परिचित हुआ जा सके। इधर लेखक और स्वामीजी के बीच पत्राचार चल ही रहा था। उन्होंने अपने हिन्दी में लिखे कुछ आलेख मुझे भेजे और उनका सम्पादन करने को कहा। स्वामी मुख्यानन्दजी की मातृभाषा हिन्दी नहीं थी, और वे अँग्रेज़ी में लिखने के अभ्यस्थ थे। अतः उन आलेखों को पूरी तरह परिवर्तित करना पड़ा और लेखक को अपनी ओर से बहुत लिखना पड़ा। उस सामग्री को 'स्वामी विवेकानंद और नया भारत' शीर्षक के साथ उनके पास भेज दिया गया। चालीस वर्ष पूर्व लिखी हुई सामग्री को समसामयिक संदर्भों के अनुसार प्रासंगिक बनाते हुए पुस्तक द्विगुणित हो गई और वर्ष 1989 में रामकृष्ण आश्रम के संस्थापक और सचिव स्वामी स्वरूपानन्द द्वारा वह सामग्री 'स्वामी विवेकानंद और नया भारत' शीर्षक से प्रकाशित की गई। लेखक के रूप में स्वामी मुख्यानन्दजी का ही नाम था। स्वामी मुख्यानन्दजी और लेखक के बीच पुस्तक के प्राक्कथन में लिखा हुआ अंश इस प्रकार है – "अभी कुछ समय पूर्व ग्वालियर के कृषि महाविद्यालय के प्राध्यापक तथा स्थानीय विवेकानंद केन्द्र के सचिव डॉ. सुरेश चन्द्र शर्मा ने मेरे द्वारा अँग्रेज़ी भाषा में लिखी एक छोटी-सी पुस्तक का हिन्दी में अनुवाद करके उसे 'एक विश्व के निर्माण में हिन्दू धर्म की भूमिका' नामक शीर्षक से केन्द्र द्वारा प्रकाशित की। अतः लेखक ने डॉ. सुरेश चन्द्र शर्मा से ग्वालियर स्थित विवेकानंद केन्द्र से ही इस पुस्तक को भी प्रकाशित करने का अनुरोध किया, किन्तु कतिपय कारणों से केन्द्र इस योजना को मूर्तरूप नहीं दे सका। बाद में लेखक के आग्रह पर डॉ. शर्मा ने इस पुस्तक के सम्पादन का भार स्वीकार कर लिया। लेखक को यह लिखते हुए एक सुखद अनुभूति होती है कि डॉ. शर्मा ने उन्हें लिखकर सूचित किया है कि वे इस पुस्तक के सम्पादन करते समय पुस्तक की विषय-वस्तु तथा तथ्यों से प्रभावित तथा लाभान्वित हुए हैं तथा सम्पादित कॉपी को (समस्त लेख) 'स्वामी विवेकानंद तथा नया भारत' के नामकरण के साथ वापस भेज रहे हैं। लेखक डॉ. शर्मा को इस कार्य को सुचारू रूप से सम्पादित करने के लिए आशीर्वादात्मक धन्यवाद देता है।

डॉ. शर्मा द्वारा भेजी हुई पुस्तक का लेखक ने बड़े मनोयोग से पुनरावलोकन किया तो पाया कि चालीस वर्ष पूर्व लिखी हुई पुस्तक में

परिवर्तित परिस्थितियों, सन्दर्भों तथा नवीन आवश्यकताओं के अनुकूल संशोधन परिमार्जन तथा परिवर्द्धन आवश्यक है। अतः फलस्वरूप पहले की अपेक्षा वर्तमान पुस्तक द्विगुणित हो गई है" (स्वामी विवेकानंद और नया भारत, पृष्ठ 10-11)।

यद्यपि स्वामी मुख्यानन्दजी ने मुझसे अपना नाम लिखने का आग्रह किया था, परन्तु सात्विक संकोच के कारण मैंने अपना नाम नहीं दिया। संकोच का प्रधान कारण यह था कि पुस्तक प्रकाशन का सम्पूर्ण व्यय भार उन्हीं के द्वारा उठाया गया था। अब परिस्थितियाँ पूर्णतः परिवर्तित हो चुकी हैं। स्वामी मुख्यानन्दजी और स्वामी स्वरूपानन्दजी हमारे बीच नहीं हैं। इस प्रकाशन को भी अब 30 वर्ष हो चुके हैं, परन्तु इतनी उपयोगी सामग्री व्यर्थ ना जाए, ऐसा विचार बार-बार मन में आया और उसने लेखक को उसमें और भी संशोधन करने को विवश किया है। इसे पुस्तक ना कहकर वर्तमान लेखक द्वारा संशोधित, पुनसंशोधित तथा पुनर्लिखित सामग्री कहना ही उपयुक्त है। अब उस सामग्री का शीर्षक है - 'भूमापुरुष स्वामी विवेकानंद'। प्रारम्भ से लेकर आज तक इस सामग्री को वर्तमान रूप में लाने और प्रकाशित करने का कार्य वर्तमान लेखक ने ही किया है। अतः लेखक ने अपना नाम दिया है, परन्तु इसके प्रेरणास्रोत स्वामी मुख्यानन्दजी रहे हैं। अतः यह प्रकाशन उन्हीं की पावन स्मृति को समर्पित है।

सम्पादकीय : स्वामी विवेकानंद-व्यक्तित्व और कृतित्व

भारत आज एक युवाशक्ति से सम्पन्न राष्ट्र के रूप में उभर रहा है। विश्व के किसी भी देश में युवकों की संख्या उतनी नहीं है, जितनी कि भारत में है। इसलिए भारत की प्रथम और प्रमुख आवश्यकता है युवाशक्ति को उचित दिशा प्रदान करना और युवकों में रुक्ष ऊर्जा का परिमार्जन करना। इस उद्देश्य को ध्यान में रखकर ही भारत सरकार ने अँग्रेज़ी तिथि के अनुसार स्वामी विवेकानंद के जन्म दिवस 12 जनवरी को राष्ट्रीय युवा दिवस के रूप में घोषित किया है। सरकार का मानना है कि जिन आदर्शों के लिए स्वामी विवेकानंद ने अपना जीवन समर्पित किया और 39 वर्ष 5 माह तथा 22 दिन के अल्प जीवन में वे जिन आदर्शों को प्रतिष्ठित करने के लिए प्रयास करते रहे, वे आदर्श हमारे युवकों के लिए प्रेरणादायी सिद्ध होंगे।

12 जनवरी राष्ट्रीय युवा दिवस के रूप में देशभर में प्रतिवर्ष मनाई जाती है। विद्यालयों, महाविद्यालयों तथा विश्वविद्यालयों में अनेक सांस्कृतिक तथा सामाजिक कार्यों का आयोजन किया जाता है। इन कार्यक्रमों से स्वामी विवेकानंद का नाम सम्पूर्ण भारत में प्रसारित हो चुका है। यह एक अच्छी बात है, परन्तु पर्याप्त नहीं है। स्वामीजी ने स्वयं एक पत्र में लिखा था :

> "प्रिय आलासिंगा, केवल मुझे आसमान पर चढ़ाकर प्रशंसा करने से कुछ भी लाभ नहीं होगा। इस बात को याद रखना कि मेरी अत्यन्त प्रशंसा हो, यह मैं नहीं चाहता। मैं यह देखना चाहता हूँ कि मेरे भावों को कार्य में परिणत किया जा रहा है। सभी महापुरुषों के शिष्यों ने अपने गुरु के उपदेशों को उस एक व्यक्ति के साथ ही सदा अच्छेद्य रूप से जोड़ने की चेष्टा की

> है और अन्त में उसी एक व्यक्ति के साथ ही उसके भावों को भी नष्ट कर दिया है। इस बात से सदा सावधान रहना होगा। भावों (Ideas and Ideals) को विस्तार करने का तुम लोग प्रयास करते रहो" (पत्रावली भाग 1 पृष्ठ 279)।

आज वस्तुतः हो वही रहा है। एक दो संख्याओं को छोड़कर शेष समाज में 'राष्ट्रीय युवा दिवस' का आयोजन औपचारिकता मात्र होता जा रहा है। स्वामी विवेकानंद के विचारों से उत्प्राणित एन.सी.सी. तथा एन.एस.एस. के कार्यक्रमों में लगभग वैसी ही स्थिति देखने में आती है। भावों (Ideas and Ideals) से स्वामी विवेकानंद का तात्पर्य है - 'उनके विचारों और आदर्शों के अनुसार स्वयं के चरित्र का गठन करना तथा साथ ही अन्यों के चरित्र गठन में सहायता करना। स्व. डॉ. ए.पी.जे. अब्दुल कलाम ने राष्ट्रपति के पदभार से निवृत्त होकर यह कार्य स्वयं करके दिखाया था। यह कार्य आगे बढ़ाया जाना चाहिए। विचार और क्रिया - इस कार्य के दो पक्ष हैं और दोनों अभिन्न (Non separate) हैं। इसी को स्वामीजी ने 'बनो और बनाओ' (Be - Make) सूत्र के रूप में रखा था। हमारे देश को इसकी आज सर्वाधिक आवश्यकता है। भारत के पास आज सब कुछ है, बस उदार और उदात्त चरित्र की आवश्यकता है। स्वामी विवेकानंद चरित्र की उदारता तथा उदात्तता (Expanded and Exalted character) पर बहुत बल दे गए हैं। आज के राष्ट्रीय परिदृश्य में हम सभी भारतवासी सीमा से अधिक स्वार्थ पर (Self-Centered) हो गए हैं। युवा समुदाय भी कैरेक्टर (चरित्र) की अवहेलना करते हुए करियर उन्मुखी (Career oriented) हो गया है। यह अच्छा लक्षण नहीं है। वास्तव में यह गम्भीर चिन्ता और चिन्तन का विषय है। स्वामी विवेकानंद ने कैरेक्टर और करियर के मिलन को महत्त्वपूर्ण बताते हुए कहा है, "जीवन छोटा है, जगत की वस्तुएँ क्षणभंगुर हैं, जो दूसरों के लिए जीते हैं, वास्तव में वे ही जीवित हैं, शेष तो जीवित होने की अपेक्षा मरे ही अधिक हैं"।

राष्ट्रीय और अन्तरराष्ट्रीय स्तर पर इस सोच को विकसित किया जाना मानव जाति के लिए अनिवार्य हो गया है। इसके लिए मानव जाति और विशेष रूप से युवा समुदाय के समक्ष ना केवल शाब्दिक, अपितु मूर्तिमान आदर्श होना चाहिए। ऐसे मूर्तिमान आदर्श दो हैं - एक भगवान

बुद्ध और दूसरा आद्य शंकराचार्य। दोनों ही आदर्श भारत भूमि की संतान हैं। शंकराचार्य में है प्रचण्ड मेधा शक्ति, जिसने विश्व को अद्वैत दर्शन दिया है तथा भगवान बुद्ध में है विशाल हृदय। आचार्य शंकर में है तर्क सम्मत और वैज्ञानिकता सम्पन्न बौद्धिक आधार तथा बुद्धदेव में है सर्व आलिंगनकारी और लोकहितकारी हृदय।

स्वामी विवेकानंद के सभी अध्येता इस बात पर एकमत हैं कि स्वामीजी के जीवन में शंकर के मस्तिष्क और बुद्ध के हृदय का मिलन हुआ है। ये तीनों ही युवक थे, जिन्होंने ना केवल भारत भूमि, अपितु सम्पूर्ण वसुन्धरा को प्रभावित किया है। इन तीन आदर्श पुरुषों ने स्पष्ट दिखा दिया है कि हम भारतवासी ना केवल विचार कर सकते हैं, अपितु अनुभूति भी कर सकते हैं तथा प्रचण्ड वेग से कार्य भी कर सकते हैं। स्वामी विवेकानंद के व्यक्तित्व में विचार, भाव और क्रिया का समरसतापूर्ण सम्मिलन (Harmonious Blending) हुआ है।

स्वामी विवेकानंद का आदर्श केवल भारत तक ही सीमित नहीं है, अपितु उसमें सम्पूर्ण विश्व समाहित है। यह सत्य स्वामीजी के उद्‌गारों में भी इन शब्दों में प्रकट हुआ है, “हमारे लिए भारत या इंग्लैण्ड, या अमेरिका क्या हैं? हम उसी ‘ईश्वर’ के सेवक हैं जिसे अज्ञ जन ‘मानव’ कहते हैं”। स्वामी विवेकानंद एक मानवतावादी भारतीय आध्यात्मिकता पर आधारित है, जो जितना गहन (Deep) है, उतना ही व्यापक (Vast) भी है। इस तथ्य को रेखांकित करने के लिए उन्हें भूमा (Universal) कहा गया है।

स्वामी विवेकानंद के जीवन का लक्ष्य था - ‘मनुष्य निर्माण’। ऐसा मनुष्य जो समुद्रवत् गम्भीर तथा गगनवत् विस्तीर्ण हो। ऐसा मनुष्य, जिसमें प्राचीनता और आधुनिकता, प्राच्य और पाश्चात्य, धर्म और विज्ञान, ज्ञान और कर्म, भक्ति तथा योग का पूर्ण समन्वय हो, कृपा और पुरुषार्थ के बीच समस्वरता हो, राष्ट्रीयता तथा अन्तरराष्ट्रीयता के बीच समरसता हो, भावना और बुद्धि में द्वन्द्व ना हो। यही उनकी आदर्श मनुष्य की कल्पना है तथा वे ऐसा मनुष्य गढ़ने के लिए सार्वभौम दर्शन भी दे गए हैं और उसका साधन है - शिक्षा। उनकी शिक्षा अवधारणा में लौकिक शिक्षा (अपरा विद्या) तथा आध्यात्मिक शिक्षा (परा विद्या) के लिए समान स्थान होगा, परन्तु खेद की बात है कि स्वतंत्रता के अनेक दशक बीत जाने पर भी हम देश को ना तो

राष्ट्रीय जीवन दर्शन (National Philosophy of Life) दे पाए हैं और ना स्थायी शिक्षा प्रणाली (Stable Educational System) दे पाए हैं। इन दोनों के अभाव में पूरा देश जड़वादी धर्म निरपेक्षतावाद की चपेट में आ गया है। इसके साथ ही राजधर्महीन सत्तापरक राजनीति ने स्थिति को और भी भयावह बना दिया है। मनुष्य के मन में भय और भ्रम समाया हुआ है।

इस स्थिति से उबरने के लिए स्वामी विवेकानंद का साहित्य पूरी तरह सक्षम है। ऐसा भी कहा जा सकता है कि इस आवश्यकता की पूर्ति के लिए ही स्वामी विवेकानंद का आविर्भाव हुआ था, परन्तु जैसा कि कहा जा चुका है कि 'करियर उन्मुखी' शिक्षा के भार से दबा विद्यार्थी का इस ओर ध्यान नहीं है। विवेकानंद साहित्य को पढ़ने का ना तो विद्यार्थी के पास समय है और ना ऐसे सुयोग्य शिक्षक हैं, जो इस साहित्य का मंथन कर उसे समग्र और संक्षिप्त रूप में उसे रख सकें। शासन का ध्यान तो इस ओर कतई नहीं है। इस स्थिति का दुख-दर्द सिर्फ कुछ गिने-चुने संवेदनशील व्यक्तियों के मन में है।

प्रस्तुत प्रयास ऐसे ही एक संवेदनशील व्यक्ति के परिश्रम का परिणाम है। पुस्तक के लेखक डॉ. सुरेश चन्द्र शर्मा विवेकानंद साहित्य के चिन्तन-मनन में अपने विद्यार्थी जीवन से डूबे रहे हैं। मुझे उनका विद्यार्थी होने का गौरव प्राप्त है। वे हमें छात्र जीवन से विवेकानंद साहित्य और भगवद्‌गीता का अध्ययन करने की प्रेरणा देते रहे हैं। अभी भी उनका यह कार्य प्रकाशन और प्रेरक उद्‌बोधनों से चल रहा है। इसी उद्देश्य से उन्होंने 'व्यक्तित्व विकास और भगवद्‌गीता' नामक पुस्तक का प्रकाशन भी किया है। दोनों ही पुस्तकें 'मनुष्य निर्माण' विषय पर केन्द्रित हैं। एक में सम्पूर्ण गीता समाई है और इस पुस्तक में स्वामी विवेकानंद समाए हुए हैं।

प्रस्तुत प्रकाशन में प्राक्कथन से लेकर परिशिष्ट तक बारह-अध्यायों में सम्पूर्ण विवेकानंद को रखने में आदरणीय शर्माजी ने सफल प्रयास किया है। प्रत्येक अध्याय के अन्तर्गत छोटे उपशीर्षक देने से प्रकाशन व्यवस्थित हो गया है। अनुक्रमणिका पर दृष्टिपात करते ही पूरी पुस्तक की झलक प्राप्त हो जाती है। स्वामीजी के उद्धरणों से प्रामाणिकता सिद्ध हो जाती है। विषय-वस्तु आधुनिक और चित्ताकर्षक रूप में प्रस्तुत की गई है, जिसमें सरलता और स्पष्टता है। भारत का पुनः निर्माण जो भारत सरकार का प्रधान स्वर है,

पुस्तक उस विषय को अच्छी तरह आलोकित करती है। पुस्तक का शीर्षक 'भूमापुरुष स्वामी विवेकानंद' स्वामीजी के सार्वभौम व्यक्तित्व को भली प्रकार प्रतिभासित करता है। पुस्तक के सम्पादन से मैं स्वयं लाभान्वित हुआ हूँ। एक प्रकार से इसे 'स्वामी विवेकानंद पर लघु पुस्तिका' (A Hand Book of Vivekananda) भी कहा जा सकता है। एक इसी पुस्तक को पढ़कर समग्र विवेकानंद का स्पष्ट ज्ञान प्राप्त हो जाता है - ऐसी मेरी मान्यता है।

आज की सामाजिक संभ्रम और ऊहापोह की स्थिति को दर्शाने वाली एक कहानी है :

> "एक समय एक राजा ने जब यह सुना कि पड़ोसी देश का राजा उसकी राजधानी पर घेरा डालने के लिए आगे बढ़ रहा है, तो उसने शत्रु से देश की रक्षा के उपायों पर विचारार्थ एक जनसभा बुलाई। अभियांत्रिकों ने परामर्श दिया कि राजधानी के चारों ओर मिट्टी की ऊँची दीवार खड़ी कर दी जाए, उसके साथ-साथ एक चौड़ी खाई भी दी जाए। मोचियों ने सुझाव दिया कि वह दीवार चमड़े की बनाई जाए, क्योंकि 'चमड़े से उत्तम कोई वस्तु नहीं है'। लुहार चिल्लाए, 'नहीं ये गलत कहते हैं, दीवार को लोहे से बनवाया जाए'। और तब वकीलों की बारी आई। उन्होंने तर्क दिया कि राज्य की रक्षा का सर्वोत्तम उपाय एक ही है कि शत्रु को वैधानिक तरीक़े से यह बताया जाए कि वह दूसरे की सम्पत्ति को हड़पने का प्रयास करके वह एक अनुचित और अवैधानिक अपराध कर रहा है। सबसे अंत में पुरोहित आगे बढ़े। वे इन सब सुझावों पर उपेक्षा भरी हँसी के उपरान्त बोले, "तुम सब पागलों जैसी बातें कर रहे हो। सर्वप्रथम देवताओं को बलि देकर प्रसन्न करना चाहिए, तभी हम अजेय हो सकते हैं"। इस प्रकार राज्य की रक्षा करने के बजाय वे मूर्ख आपस में वाद-विवाद करते रहे। इसी बीच, शत्रु आगे बढ़ आया, उसने आक्रमण कर राजधानी को ध्वस्त कर दिया"।

अच्छा होगा कि व्यर्थ की बहस में अपना समय नष्ट ना करते हुए इस सुन्दर मार्गदर्शिका को पढ़ें और काम में लग जाएँ।

—ओमप्रकाश श्रीवास्तव
आई.ए.एस.
कलेक्टर, रीवा

I

भारतीय संस्कृति के अग्रदूत

"विश्व के लिए मेरा एक सन्देश है, जिसे मैं निर्भयता से तथा भविष्य के बारे मे निश्चिन्त होकर प्रस्तुत करूँगा"।

—स्वामी विवेकानंद

1. अवतरणिका

"अगणित सदियों से प्रवाहित भारतीय संस्कृति के इस उज्ज्वल अखण्ड प्रवाह का जब मैं निरीक्षण करता हूँ, तो देखता हूँ कि किस प्रकार मेरी जन्मभूमि राज-गंभीरता से चली जा रही है। अब उसकी गति को स्वर्ग, मर्त्य एवं पाताल मैं कोई शक्ति रोक नहीं सकती। वह चली जा रही है दैव-निर्धारित अपने कर्तव्य की पूर्णता के लिए पशु-मानव को देव मानव में परिणत करने के अपने दिव्य कर्तव्य पालन की ओर"।

इन ओजस्वी शब्दों में स्वामी विवेकानंद ने भारतीय संस्कृति के इतिहास को संक्षिप्त में जगत के सामने रखा और भारतीय संस्कृति के इस कर्तव्य की पूर्णता के लिए ही उन्होंने अपना जीवन अर्पण किया।

स्वामी विवेकानंद आज हमारे बीच नहीं हैं, परन्तु अपने महान कार्यों तथा विचारों के रूप में वे अमर हैं, भारत तथा विश्व के लिए उनका पवित्र जीवन एक आदर्श प्रतीक है, उनके उदात्त विचार एक पथ-प्रदर्शक देदीप्यमान आलोक-स्तम्भ के समान हैं, तथा उनका नाम एक स्फूर्तिदायक मन्त्र है।

स्वामीजी केवल एक सामान्य महापुरुष ही नहीं थे, वे एक नवयुग-प्रवर्तक युग-पुरुष थे। विश्व के लिए उनका एक सन्देश था और भारत के लिए एक ईश्वर-प्रदत्त कार्य था। उनके पार्थिव-शरीर को हमारी दृष्टि से ओझल हुए आज दशकों बीत चुके हैं, परन्तु उनकी ओजस्वी अशरीर-वाणी विश्व में व्याप्त होकर अज्ञात भाव से अपना कार्य कर रही है। इस बीच, भारत में जितने भी महापुरुष आए, उन सभी के जीवन तथा कार्यों को विवेकानंद ने शक्तिशाली रूप से प्रभावित किया तथा आज भी इस प्रभाव को अनुभव किया जा रहा है। योगिराज श्रीअरविन्द के शब्दों में :

> "यदि इस जगत में कोई महाशक्ति-सम्पन्न महात्मा हुआ हो, तो वे स्वामी विवेकानंद थे। एक साक्षात पुरुष-सिंह, जिनके द्वारा हमारे लिए किया हुआ कार्य, उनकी नव-निर्माण शक्ति तथा सामर्थ्य हमारी कल्पना से तोली भी नहीं जा सकती। हम अभी भी उनके प्रभाव की अतिमानुष-क्रिया देख पाते हैं। यद्यपि हम निश्चित रूप से जान नहीं पाते कि किस तरह से या कहाँ पर एक सिंह-सदृश, भव्य, अन्तर्ज्ञान-युक्त कुछ अनभिव्यक्त महापरिवर्तन भारत की आत्मा में प्रविष्ट हुआ है, और स्वतः ही हमारे हृदय से उद्गार निकल पड़ते हैं - देखो! विवेकानंद अभी अपनी मातृभूमि की आत्मा तथा उसकी संतानों की आत्माओं में जीवित हैं"।

स्वतन्त्र भारत को यदि अपनी प्राचीन अमर संस्कृति से विश्व कल्याण के पथ पर अग्रसर होना है, तो स्वामीजी के पदचिह्नों पर चलना आवश्यक है। स्वामीजी के विचारों का तात्पर्य तथा उनकी कार्यावली का महत्त्व हमारे मानस पटल पर अच्छी तरह अंकित होना चाहिए। हाँ, उसकी पूर्ण अनुभूति हमें धीरे-धीरे ही हो सकती है, क्योंकि हमारी दृष्टि दूरदर्शी नहीं है, परन्तु यह मार्ग कल्याण का मार्ग है, इसमें तनिक भी संशय नहीं है। लोग उनके विचार तथा कार्यों को अच्छी तरह नहीं जान सके, इससे व्यथित हो स्वामीजी एक बार कह उठे थे, "यदि और एक विवेकानंद होता, तो यह जान सकता था कि विवेकानंद ने क्या किया"। और देह-त्याग के कुछ दिन पहले उन्हें गुनगुनाते देखा गया, "उसमें क्या बिगड़ा, मैं पन्द्रह सौ वर्षों के लिए यथेष्ट कर चुका हूँ"।

स्वामीजी ने ऐसा कौन-कौन सा महत्त्वपूर्ण कार्य किया, जिसका उपयोग जनता डेढ़ हजार वर्ष तक करती रहेगी? ऐसे उनके विचार क्या थे, जिनका प्रभाव पन्द्रह सौ वर्षों तक बना रहेगा और सारे विश्व के लिए स्फूर्तिदायक तथा मार्गदर्शक होगा? इसके बारे में हम यहाँ विस्तार से समझने की यथासाध्य कोशिश करें।

2. विश्वमानव विवेकानंद

स्वामी विवेकानंद एक विश्व-पुरुष थे। उनके विचार तथा कार्यों का महत्त्व समझने के लिए हमें एक गूढ़ रहस्य को समझना चाहिए। वे उदात्त और उदार भारतीय संस्कृति के एक मूर्तिमान विग्रह थे और उनके विचारों में संकीर्णता लेश मात्र भी नहीं थी। वे मानव प्रेमी थे और मानव मात्र का कल्याण चाहते थे, अपने एक पत्र में उन्होंने लिखा :

> "निःसंशय ही मैं भारत को प्यार करता हूँ, लेकिन प्रतिदिन मेरी दृष्टि स्पष्ट होती जा रही है। हमारे लिए भारत या इंग्लैण्ड या अमेरिका क्या? हम उसी 'ईश्वर' के सेवक हैं, जिन्हें अज्ञ जन 'मानव' कहते हैं। क्या, जो मूल में पानी देता है, वह सम्पूर्ण वृक्ष को ही नहीं सींचता? कल्याणप्रद और मंगलमय जीवन, चाहे वह सामाजिक हो या राजनैतिक या आंध्यात्मिक, उसका एक ही आधार है-यह पहचानना कि "मैं और मेरा भाई एक हैं"।

इस प्रकार समस्त मानवता के एकत्व की अनुभूति करने वाला विश्व-मानव एक की भलाई और दूसरे की हानि कैसे चाह सकता है? वे भली-भाँति जानते थे कि यह चाहने पर भी सम्भव नहीं। एकात्मक विश्व में एक भाग का सुख या दुख कालक्रम में सर्वव्यापी होकार सम्पूर्ण मानव जाति को प्रभावित करता है, तो स्वामीजी की कार्यप्रणाली का गूढ़ रहस्य यह है कि उन्होंने व्यष्टि का कल्याण समष्टि के कल्याण की पृष्ठभूमि में देखा; हिन्दुओं का कल्याण भारत के उद्धार के लिए तथा भारत का पुनरुत्थान विश्व के अभ्युदय के लिए करने की कोशिश की। यह प्रणाली उनके सभी कार्यों तथा विचारों में सर्वत्र देखने में आती है। ऐसा वे केवल बुद्धिपूर्वक नहीं करते या कहते, अपितु यह उनका सहज स्वभाव ही था ('प्रकृति-सिद्धम् इदं कि महात्मनाम्')। बुद्ध-भगवान के

सदृश स्वामीजी कल्याण तक सीमित ना होकर सर्वग्राही थे। उनके विशाल हृदय में सबके लिए स्थान था। भगिनी निवेदिता ने लिखा है :

> "जो लक्षण स्वामी में अत्यन्त स्पष्ट रूप से देखने में आता है वह है उनकी 'विश्व व्यापक' भावना। अमेरिकी जनतन्त्र के बारे में उनकी भावना बहुत उदात्त थी। कला, संस्कृति तथा स्वतन्त्रता की प्रतिमूर्ति महामाता इटली के बारे में उनके विचार अति उत्साहपूर्ण थे। उन्होंने चीन को जगत का कोषागार बतलाया। ईरान के पीड़ित बाब (Bob) के अनुयायियों (Babists) के प्रति उन्होंने भ्रातृत्व की भावना दिखाई। हिन्दू, मुसलमान और बौद्धों को समान रूप से अपने गले लगाया। मुगल साम्राज्य का स्मरण करके वे चमक उठते थे। अकबर के विषय में बोलते-बोलते उनकी आँखों में आँसू भर आते थे। चंगेज़खान के वैभव तथा उनके एशिया की एकता साधने के स्वप्न को समझकर वे उसका समर्थन करते थे। भगवान बुद्ध की स्तुति करने में वे तन्मय हो जाते थे"।

फ्रांस के सुप्रसिद्ध मनीषी-लेखक श्री रोमा रोलाँ लिखते हैं, "मानवता की एकता की उनकी अन्तःप्रज्ञा जाति या राष्ट्रों की सीमाओं में आबद्ध नहीं थी"। इसी कारण स्वामीजी ने जब पाश्चात्य देशों में कार्य किया, तब भारत में जागृति हुई और जब भारत के उद्धार के लिए प्रयत्न किया, तब विश्व की आँखें खुलीं"।

3. सर्वांगीण पूर्ण संस्कृति का विकास और नवमानव का निर्माण

भारतीय संस्कृति का आदर्श 'अनेकता में एकता' ही स्वामीजी का आदर्श था। विविधता रहित संकुचित एकता को वे मृत्यु का ही लक्षण समझते थे। उन्होंने कहा है, "विकास ही जीवन है और संकोच ही मृत्यु"। इसलिए वे चाहते थे कि प्रत्येक व्यक्ति अपने वैशिष्ट्य की रक्षा करते हुए अन्यों के सद्गुणों को आत्मसात करें और पूर्णता की ओर बढ़ें। स्वामीजी का ध्येय था पृथ्वी पर 'सर्वांगीण, पूर्ण संस्कृति का उदय और उसके उपासक नवमानव का निर्माण'। स्वामीजी ने कहा था, "हमारा यह विश्व 'श्रम-विभाजन' की व्यवस्था पर

आधारित है। यह कहना व्यर्थ है कि एक ही जाति या संस्कृति हमेशा सभी पर स्वामित्व करती रहेगी"। एक बार समस्त विश्व को संबोधित करती हुई प्राच्यवाणी ने कहा, "यदि मनुष्य इस पृथ्वी पर सब कुछ प्राप्त कर ले, परन्तु वह आध्यात्मिकता से वंचित रहे, तो उससे क्या लाभ?" यह है प्राच्य की रीति। और दूसरी है भौतिक सभ्यता को ही सब कुछ मानने वाली पश्चिम की वाणी। इनमें से प्रत्येक का अपना-अपना महत्त्व है और प्रत्येक की अपनी-अपनी शोभा है। इन दोनों के समन्वय से सबका श्रेय होगा। प्राच्य का आदर्श मानव जाति की प्रगति के लिए उतना ही आवश्यक है, जितना कि पाश्चात्य का, और मेरे मत में प्राच्य आदर्श अधिक आवश्यक है"।

प्राच्य आदर्श इसीलिए अधिक आवश्यक है, क्योंकि मनुष्य शरीरधारी होने पर भी अपने स्वरूप में वह दिव्य आत्मा ही है। इसलिए स्वामीजी ने बताया, "सारा विश्व एक परिपूर्ण सभ्यता (Complete Civilization) के आगमन की प्रतीक्षा कर रहा है - वह भारतीय संस्कृति की अपार सम्पत्ति की, उसकी अपूर्व आध्यात्मिक निधि की प्रतीक्षा कर रहा है"।

इस ध्येय की सिद्धि के लिए स्वामीजी का कार्य दो प्रकार का था - भारतीय आध्यात्मिकता का पश्चिम में प्रचार और पश्चिम की भौतिक सभ्यता की सहायता से भारत का आर्थिक अभ्युत्थान एवं सामाजिक मिलन-अर्थात भारत का अध्यात्म और पश्चिम की कार्यकुशलता का समन्वय। भारत की आत्मशक्ति और पश्चिम की संघ शक्ति, भारत का उदात्त और उदार धर्म तथा पश्चिम का स्वच्छन्द और उदार समाज का सम्मिलन। आध्यात्मिकता की नींव पर सर्वगुण सम्पन्न, अभ्युदय-निःश्रेयसात्मक सर्वतो भद्र समाज खड़ा हो।

ऐसी परिपूर्ण संस्कृति के आधारभूत नवमानव का निर्माण करना स्वामी विवेकानंद का विशिष्ट कार्य था। भगिनी निवेदिता ने लिखा है, "वे नींव पर काम करने वाले थे। उन्होंने ना 'राष्ट्रीयता' शब्द का उपयोग किया, ना 'राष्ट्र-निर्माण' उनका स्वनियोजित कार्य था"। उनका नवमानव का आदर्श था कि जो अपने विचारों में आकाशवत् विशाल और समुद्रवत् गंभीर हो। जो विज्ञान कुशल, कार्यपट्ट, विचारशील, धर्म-परायण और सावयोग-समन्वित अध्यात्म पथगामी होकर अनन्त सत्य की ओर बढ़े।

4. राष्ट्र निर्माण और आध्यात्मिक विश्व–विजय

अवश्य ही स्वामीजी ने 'राष्ट्र-निर्माण' शब्द का प्रयोग यदा-कदा ही किया, लेकिन स्वामीजी के प्रत्येक विचार और कार्य के दो पक्ष सामने आए हैं - एक विश्व-जागृति और दूसरा राष्ट्र-निर्माण। ऊपरी तौर पर स्वामीजी ने भारत की राजनीति में भाग नहीं लिया, परन्तु उनका भारत की नाड़ी का ज्ञान इतना सूक्ष्म और गहरा था तथा उनकी अन्तर्दृष्टि इतनी तीक्ष्ण थी कि प्रत्यक्ष और अप्रत्यक्ष रूप से उन्होंने भारतीय जीवन धारा के सभी क्षेत्रों को प्रभावित किया, उसकी लुप्त आत्मशक्ति को जागृत किया। स्वामीजी के विचारों के फलस्वरूप भारत का नवनिर्माण आरम्भ हुआ और भारतीय संस्कृति उद्दीप्त हो उठी अपने कर्तव्य की पूर्ति के लिए।

भारतीय संस्कृति मुख्यतः वैदिक-संस्कृति है, यद्यपि उसमें कई धाराओं का समावेश है। हम अपनी संस्कृति में जो कुछ विशेषताएँ देख पाते हैं-जैसे कि सत्य के प्रति अनुराग, जिज्ञासा भाव और अन्वेषण की प्रवृत्ति, व्यापक विचार, धर्म-सहिष्णुता और उदारता, जीवन के प्रति उत्साह और समय दृष्टिकोण, श्रम-विभाजन पर अवलंबित समन्वयात्मक समाज-व्यवस्था, यथार्थवादी आर्थिक नीति, जनतान्त्रिक राज्य प्रबन्ध और इन सबकी आधारभूत गहरी आध्यात्मिकता - इनका स्रोत वेद-उपनिषद् ही हैं। जैसे-जैसे भारत नाना कारणों से वैदिक संस्कृति से दूर होता गया, वैसे-वैसे ही भारतीय संस्कृति असंतुलित होती गई और राष्ट्र बलहीन होता गया और अन्त में देश पराधीन हो गया।

कई शताब्दियों से राजनैतिक दासता के कारण भारतीय अपना आत्म-विश्वास खो बैठे और उनके मन में अपने धर्म और संस्कृति से श्रद्धा और विश्वास हट गया। शारीरिक और मानसिक दुर्बलता एवं आर्थिक अवनति ने उन्हें घेर लिया। अंग्रेजों के शासन में नकारात्मक अँग्रेज़ी शिक्षा से प्रभावित 'शिक्षित' भारतीयों पर पाश्चात्य भौतिक संस्कृति का प्रभाव इतना गहरा और तीव्र था कि वे उसी को जीवन सर्वस्व समझने लगे। भारतीय संस्कृति और उसके धर्म, दर्शन, साहित्य, कला, विज्ञान तथा उसका वैभवपूर्ण प्राचीन इतिहास - ये सब उनकी दृष्टि में हीन अंधविश्वास लगने लगे और कुनिंदा तथा परिहास के पात्र बन गए। वे भूल गए कि एक समय भारत पृथ्वी पर सर्वश्रेष्ठ देश था। उसकी भौतिक तथा आध्यात्मिक संपत्ति

से आकर्षित होकर देश-विदेश के लोग यहाँ पर आए। भारत जगत के गुरु के स्थान पर था। प्राचीन काल से समस्त मानव जाति का आध्यात्मीकरण भारत का एतिहासिक कर्तव्य रहा है। मनु की इस वाणी की अपेक्षा की गई :

"एतद्देश प्रसूतस्य सकाशादग्रजन्मनः।
स्वं स्वं चरित्रं शिक्षेरन् पृथिव्यां सर्वमानवाः"।।

(अर्थात भारत में प्रसूत वरिष्ठ सज्जनों से सीखकर पृथ्वी के सर्व मानव अपने-अपने चरित्र का गठन करेंगे।)

इतना ही नहीं, वे केवल भौतिक विद्याओं के लिए नहीं, बल्कि धर्म और आध्यात्मिकता के लिए भी पश्चिम की ओर दासोचित हीन भाव से ताकने लगे। ऐसी विकट परिस्थिति में आत्म-विस्मृत भारत को अपनी उदार दिव्यवाणी से जागृत किया स्वामी विवेकानंद ने।

स्वामीजी के मानस में भारत का अतीत चलचित्र की भाँति सदैव घूमता रहा। भारत के अतीत का वैभव और वर्तमान दुर्दशा की तुलना उनके मन में सदा चलती रही, और भारत के पुनरुत्थान का मर्म उन्होंने खोज निकाला। स्वामीजी के मन में स्पष्ट हुआ कि धर्म भारतीय संस्कृति का आधार है और धर्म का प्राण आध्यात्मिकता है। इसलिए उन्होंने धर्म और आध्यात्मिकता के उद्दीपन का प्रयत्न किया। स्वामीजी ने घोषणा की, "भारत का राष्ट्रीय आदर्श है 'त्याग और सेवा'। इनको तीव्र करो, शेष सब स्वतः ही ठीक हो जाएगा। इस देश में आध्यात्मिकता की पताका को सबसे ऊँचा उठाने की आवश्यकता है। इसी में देश का उद्धार निहित है। धर्म और आध्यात्मिकता भारत का मेरुदण्ड है। भारत में 'राष्ट्रीय एकता' उसकी बिखरी आध्यात्मिक शक्तियों का एकीकरण है। भारत के जीवित रहने का उद्देश्य जगत के कल्याण के लिए है। विश्व को भारत की देन है आध्यात्मिक ज्योति"।

आत्म विस्मृत, पराधीन, विश्वास वर्जित भारत में उस समय उनके इस सन्देश को सुनने को कोई तैयार नहीं था। इसलिए स्वामीजी ने सबसे पहले पश्चिम में जाकर भारतीय धर्म-दर्शन का सिंहनाद कर उसकी विजय-पताका फहराई और उसके फलस्वरूप भारत की आध्यात्मिक चेतना जाग उठी। इसके पश्चात भारत जगत के आध्यात्मिक गुरु की पीठ पर प्रतिष्ठित हुआ। भारत के लोगों की आँखें खुलीं और जब लगभग चार साल

(1893-97) के बाद स्वामीजी भारत में वापस आए, तो देशभर में अदम्य उत्साह उमड़ पड़ा। स्वामीजी ने तब भारत के उत्थान के लिए अपने विचार सबके सामने रखे। उन्होंने भारत के उज्ज्वल इतिहास को जनता के सामने चित्रित किया और उन्हें उपनिषद्रों का शक्तिदायी ओजस्वी सन्देश सुनाया। उन्होंने भारत के सामने एक वीरोचित महान आदर्श रखते हुए कहा, "मैं एक भावनापूर्ण मनुष्य हूँ। मेरा आदर्श है - 'भारत की विश्व पर विजय' उठो भारत! अपनी आध्यात्मिकता से समस्त जगत पर विजय प्राप्त करो। उससे कम आदर्श तुम्हारे योग्य नहीं हैं। उठो, जागो और जब तक ध्येय की प्राप्ति नहीं हो जाए, तब तक रुको मत"।

स्वामीजी की इस ओजस्वी पुकार ने भारत की धमनियों में नया रक्त बहाया। इससे भारत का पुनर्जागरण हुआ।

स्वामी विवेकानंद ने इस आदर्श की प्राप्ति के लिए पश्चिमी देशों में क्या किया? भारत के नव-निर्माण के लिए उनका प्रयत्न कैसा था? हिन्दू धर्म के अभ्युदय के लिए, विश्वभर में वेदान्त के प्रचार के लिए, आध्यात्मिक मार्गों के समन्वय के लिए, परिपूर्ण संस्कृति और नव-मानव के उदय के लिए स्वामीजी के क्या विचार और क्रिया-कलाप थे? इसकी विवेचना अगले अध्याय में करेंगे।

II

पाश्चात्य रंगमंच पर

1. देश–विदेशों का तुलनात्मक गुणग्रहण

परिव्राजक के रूप में स्वामी विवेकानंद ने जब भारत का भ्रमण किया (1887–93), तो तब उसका महिमामय अतीत तथा उसकी वर्तमान अधोगति उनके चिन्तन का विषय बना। इस चिन्तन के फलस्वरूप उन्हें भारत की खोई हुई 'अस्मिता' का परिचय प्राप्त हुआ। भारत की इस 'अस्मिता' और उसके निजी व्यक्तित्व को जगाने के लिए उन्हें अपने ईश्वर-निर्दिष्ट कार्य का आभास प्राप्त होने लगा तथा भारत का इतिहास-सिद्ध कर्तव्य - 'मानव जाति का आध्यात्मीकरण' उनके मन में झूलने लगा। उन्होंने निश्चय किया कि प्रथमतः भारत का उत्थान होना चाहिए, परन्तु पृथकतावदी नीति से नहीं, अपितु समस्त जगत की पृष्ठभूमि और सभी देशों के अन्वय में। इसी प्रकार से भारत को अपने कर्त्तव्य सिद्धि एवं ऐतिहासिक योगदान के लिए सुसज्जित किया जा सकता है।

बहुत सोच-विचार के बाद स्वामीजी ने निश्चय किया कि सोए भारत को जगाने के लिए पश्चिमी भौतिकवाद के गढ़ पर प्रत्याक्रमण करना चाहिए, जिसकी चमकीली सभ्यता से भारतीयों की आँखें चौंधियाई हुई थीं। इसी से भारत में अनुकूल वातावरण उत्पन्न होकर लोग उनके दिव्य सन्देश को सुनने के लिए प्रस्तुत हो सकते थे। उन्हें प्रतीत हुआ कि "विदेशों में किया हुआ एक प्रहार स्वदेश में किए गए हजार घातों के समान है"। अनजाने में इस निर्णय के पीछे छिपी हुई ईश्वरीय इच्छा भी थी कि स्वामीजी के माध्यम से पश्चिमी देशों में भारत का दिव्य आध्यात्मिक सन्देश भी पहुँचे, जिससे भौतिकवाद की

ज्वाला में दग्ध अशांत पश्चिम में शान्ति का मार्ग खुल जाए।

इसी समय दैवयोग से भारत की पत्रिकाओं में समाचार प्रसारित हुआ कि अमेरिका के शिकागो महानगर में एक ऐसा विशाल सार्वभौमिक सर्वधर्म परिषद का आयोजन होगा, जिसमें देश-विदेशों में धर्म-प्रतिनिधि भाग ले सकते हैं। परिव्राजक विवेकानंद ने कन्याकुमारी में देवी के चरणों में बैठकर इस परिषद में भाग लेने का निश्चय किया-हिन्दू धर्म के प्रतिनिधि के रूप में-और 1893 के मई माह में उन्होंने जहाज से जापान होते हुए अमेरिका की ओर प्रयाण किया। जहाज का नाम था भारत की साम्राज्ञी (Empress of India)।

स्वामी विवेकानंद अपने विद्यार्थी जीवन में ही पाश्चात्य इतिहास, दर्शन तथा वैज्ञानिक चिन्तन में पारंगत हो चुके थे। विश्व के धार्मिक, सांस्कृतिक तथा राजनैतिक इतिहास में उनकी विशेष रुचि और अभिज्ञता थी। साथ ही उनकी प्रखर और पारखी बुद्धि इन विषयों के गूढ़ अर्थों को ग्रहण कर उनका तुलनात्मक निष्कर्ष निकालने में समर्थ थी। इसके अतिरिक्त युगावतार श्रीरामकृष्ण के चरणों में आध्यात्मिक सत्यों की प्रत्यक्ष अनुभूति से युक्त होकर वे अपने ईश्वर-निर्दिष्ट कार्य के लिए एक योद्धा की तरह सुसज्जित थे। भारतीय संस्कृति तथा हिन्दू शास्त्रों के मर्मज्ञ तो वे थे ही। पश्चिम की यात्रा के पहले ही भारत में उनके देश और धर्म के उत्थान के कई विचार परिपक्व हो चुके थे, परन्तु जैसे ही वे भारत से बाहर गए, उनकी कृशाग्र बुद्धि देश-विदेशों की संस्कृति, सभ्यता, गुण और दोषों का तुलनात्मक अध्ययन करने में लग गई। वे अन्य देशों के सद्‌गुणों को भारत के उत्थान के लिए अन्वय करने के उपाय सोचने लगे। जापान से उन्होंने अपने भारतीय तरुण मित्रों को लिखा :

> "जान पड़ता है कि जापानी लोग वर्तमान के प्रति पूर्ण सजग और जागरूक हो गए हैं। अपनी उन्नति करने का आधुनिक जोश पुरोहितों तक में प्रवेश कर चुका है। मेरी इच्छा है कि प्रतिवर्ष यथेष्ट संख्या में हमारे नव-युवकों को यहाँ आना चाहिए। जापानी लोगों के लिए भारतवर्ष आज सर्वोच्च और सर्वश्रेष्ठ वस्तुओं का स्वप्न राज्य है। और तुम लोग क्या कर रहे हो? आओ मनुष्य बनो। आओ, अन्धकार से निकलो और अपनी दृष्टि विशाल

जगत पर फिराओ। देखो, मानव जातियाँ किस प्रकार आगे बढ़ रही हैं। क्या तुम मानव-प्रेमी हो? क्या तुम्हें अपने देश से प्रेम है। जगत में एक नए युग के आविर्भाव के लिए, भूखे पेटों को अन्न देने के लिए, और पशुओं के स्तर तक दबाए गए लोगों को पुनः मनुष्य बनाने के लिए, उन्हें ज्ञान-प्रकाश से प्रेरित करने के लिए जीवन भर निरन्तर प्रयत्न करो"।

इस प्रकार भारत के उद्धार के लिए, उसकी दुर्दशा से निपटने के लिए, स्वामीजी ने बार-बार विविध प्रकार के अपने पत्रों में प्रेरणा दी, परन्तु उनकी तीक्ष्ण दृष्टि से भारत के सद्गुण, उसकी दिव्य आध्यात्मिकता, उदारता, धर्म सहिष्णुता आदि और पश्चिम के गुण-दोष आदि छिपे नहीं थे। उन्होंने कहा :

"जगत भारतीय वेदान्त के तत्वों के लिए तरस रहा है। उसके बिना जगत का विनाश निश्चित है। सारा पश्चिम मानो एक भयानक ज्वालामुखी पर बैठा है, जो किसी भी क्षण फट सकता है। पश्चिम ने जगत के कोने-कोने को छान डाला, परन्तु उनको तनिक भी शान्ति नहीं मिली। उन्होंने विषय सुख का प्याला पीकर खाली कर डाला, परन्तु उसमें केवल मिथ्याभिमान ही दिखाई दिया। भारत के आध्यात्मिक विचारों को पश्चिम के नस-नस में भर देने के लिए तैयार होने का यही समय है"।

स्वामी विवेकानंद ने इसी की पूर्ति के लिए पश्चिम में अपना कार्य प्रारम्भ किया। उन्होंने पश्चिम की यात्राएँ कीं - 1893, 1896, 1899 तथा 1900 में और वे अमेरिका और यूरोप में पाँच वर्ष तक कार्य करते रहे। इस कार्य के फलस्वरूप स्वामीजी ने पश्चिमी चिन्ताधारा को एक नयी दिशा में मोड़ दिया। आज सभी को दिखाई देने लग गया है और कालक्रम में अधिक सुस्पष्ट हो जाएगा।

2. शिकागो, सर्व-धर्म परिषद में

शिकागो की सर्व-धर्म परिषद में स्वामीजी ने अपने पहले भाषण में ही सर्व-धर्म-समन्वय एवं विश्व बन्धुत्व का एक ऐसा सार्वभौमिक विचार प्रस्तुत

किया, एक ऐसी मधुर तान अभिव्यक्त की, जिसे सुनते ही सभासद मुग्ध हो गए और परिश्चम जगत के धर्म के क्षेत्र में एक नया अध्याय शुरू हो गया। उसके पश्चात उन्होंने परिषद में दस-बारह और व्याख्यान भी दिए। इन व्याख्यानों में उन्होंने नए-नए प्रमाणों और तर्कों द्वारा, किन्तु अविचल दृढ़ विश्वास के साथ उसी सार्वभौमिक सिद्धान्त का प्रतिपादन किया, जिसका सार था "मनुष्य मात्र में अन्तर्निहित देवत्व तथा उसके विकास और अभिव्यक्ति की असीम सम्भावनाएँ"। सम्मेलन के मंच पर अपने अन्तिम व्याख्यान को मनुष्य जाति के लिए अत्यन्त आशापूर्ण वाणी में समाप्त करते हुए स्वामीजी ने घोषणा की थी :

> "सभी धर्मों ने महापुरुषों को जन्म दिया है। इस प्रमाण के बावजूद यदि कोई केवल अपने ही धर्म की स्थिति और अन्यों के धर्मों के विनाश देखे, तो मैं उस पर हृदय के अन्तःस्थल से दया करता हूँ और उसे यह स्पष्ट बता देता हूँ कि सभी प्रकार के विरोध के होते हुए भी हर एक धर्म की पताका पर शीघ्र ही लिखा जाएगा-'कलह नहीं, सहकार', 'विनाश नहीं, सृजन', 'विग्रह नहीं, शान्ति और समन्वय'।"

स्वामीजी के ये व्याख्यान बहुत प्रभावशाली सिद्ध हुए। अमेरिका के सभी प्रमुख समाचार-पत्रों ने घोषणा की कि "निःसन्देह, स्वामीजी सम्मेलन के महान व्यक्ति थे"। स्वामीजी की प्रशंसा का अर्थ था भारत की प्रतिष्ठा, इससे पश्चिमी लोगों का भारत के प्रति दृष्टिकोण ही बदल गया। अब तक 'हिन्दू धर्म' और 'घनीभूत अन्धविश्वास' को पर्यायवाची बताने वाले लोग भी हिन्दू धर्म की गरिमा और उदार सार्वभौमिकता से अभिभूत हो गए। वे कहने लगे कि धर्म प्रचारक मिशनरियों को भारत भेजने के बजाय भारत से स्वामीजी जैसे हजारों मिशनरी पश्चिम में सच्चे धर्म के प्रचार के लिए आते रहने चाहिए।

स्वामीजी ने हिन्दू धर्म के किसी एक मत या पंथ का प्रतिनिधित्व नहीं करते हुए सम्पूर्ण हिन्दू धर्म के सार्वभौमिक तत्वों का प्रतिनिधित्व किया। उन्होंने जैन, बौद्ध और सिख मतों को हिन्दू धर्म से अलग नहीं समझा। उनकी दृष्टि में हिन्दू धर्म एक समस्त मानवीय 'विश्व धर्म है, जिसमें भूत,

वर्तमान, और भविष्य के सभी धर्मों को स्थान है। हिन्दू धर्म की व्याख्या करते हुए उन्होंने परिषद में बताया :

> "उदात्त वेदान्त दर्शन की अत्युच्च आध्यात्मिक उड़ानों से लेकर आधुनिक विज्ञान के नवीनतम आविष्कार, जिसकी केवल प्रतिध्वनि मात्र प्रतीत होते हैं - मूर्ति-पूजा के निम्न स्तरीय विचारों एवं उसी अनुरूप अनेकानेक पौराणिक दंत कथाओं तक, और बौद्धों के अज्ञेयवाद तथा जैनों के निरीश्वरवाद - इसमें से प्रत्येक के लिए हिन्दू धर्म में स्थान है"।

3. वेदान्त और योग का वैज्ञानिक स्वरूप

पश्चिमी देशों में आधुनिक विज्ञान के भौतिकवाद के अभ्युत्थान के फलस्वरूप धर्म, जीवन के अन्य कार्यकलापों की भाँति एक औपचारिक कर्मकाण्ड मात्र बन गया था, और धार्मिकता वैज्ञानिकों की दृष्टि में केवल अन्धविश्वास ही थी। स्वामीजी ने युक्तिसंगत तरीक़े से प्रमाणित किया कि भारत में धर्म का अर्थ ऊपरी कर्मकाण्ड मात्र ना होकर आध्यात्मिक तत्वों की ठोस अनुभूति की अभिव्यक्ति है। इस तथ्य को प्रतिष्ठित करने के लिए स्वामीजी ने धर्म की आवश्यकता, उसका आध्यात्मिक स्वरूप तथा सार्वभौमिक लक्षण एवं वैज्ञानिक आधार प्रस्तुत किए। उन्होंने बताया कि विज्ञान और उनमें भेद केवल प्रयोग की दिशा में ही है। धर्म के असली स्वरूप को दर्शाते हुए उन्होंने ये सुप्रसिद्ध वाक्य कहे :

> "प्रत्येक जीवात्मा दिव्य अव्यक्त अर्थात अन्तर्निहित ब्रह्म ही है। बाह्य और आन्तरिक प्रकृति को वशीभूत करके जीवात्मा की इस अन्तर्निहित दिव्यता को, ब्रह्म भाव को अभिव्यक्त करना ही जीवन का परम लक्ष्य है। कर्म, उपासना, मनोनिग्रह अथवा ज्ञान-इनमें से एक, एक से अधिक या सभी उपायों का सहारा लेकर अपने देवत्व को, ब्रह्म भाव को अभिव्यक्त करो और मुक्त हो जाओ। बस, यही धर्म-सर्वस्व है। भिन्न-भिन्न मतामत, अनुष्ठान, पद्धति, शास्त्र, मन्दिर अथवा अन्य बाह्य कर्मकाण्ड तो उसके गौण बहिरंग ब्योरे मात्र हैं"।

अन्य दृष्टि से देखें, तो भारतीय वेदान्त का अन्वेषण क्षेत्र आधुनिक विज्ञान की सीमित भौतिक प्रणाली से व्यापक है, क्योंकि उसकी खोज है बाह्य और आन्तरिक, इन्द्रियगोचर तथा अतीन्द्रिय, जो सभी के अस्तित्व और सभी तत्वों का परम सत्य है। वह केवल भौतिक सत्य ही नहीं, बल्कि पूर्ण सत्य को चाहता है। भूमा, अनन्तता, परिपूर्णता ही उसका लक्ष्य है। वह प्रश्न करता है-"कस्मिन् नु भगवो विज्ञाते, सर्व इद्र विज्ञातं भवति?" (हे भगवन् कौन-सी वह वस्तु है, कौन-सा वह परम सत्य है, जिसके जानने पर सब कुछ जाना जाता है?)।

भारत में आध्यात्मिक तत्वों के वैज्ञानिक अन्वेषण तथा अपरोक्ष अनुभव की प्रक्रिया का नाम है 'योग'। कर्म, भक्ति, ध्यान या ज्ञान योगों में से कोई भी योग अपनी बुद्धि को बेच देने को नहीं कहता, बल्कि हर एक योग सत्य के निजी साक्षात्कार पर अर्थात स्वानुभूति पर जोर देता है। योग मार्ग अनेक होने पर भी उनके प्रमुख चार प्रकार हैं, जिनमें अन्यों का समावेश किया जा सकता है। कर्म योग, भक्ति योग, राज योग और ज्ञान योग, इनकी प्रक्रिया प्रधानतः देह, जीव, प्राण-मन और आत्मा को, अर्थात मनुष्य के स्वरूप के चार पहलुओं का अवलंबन करके प्रस्तुत की गई हैं। यह विभाजन भिन्न-भिन्न स्तर और स्वभाव के लोगों की रुचि और मनोवैज्ञानिक आवश्यकताओं के अनुसार है। कर्म, भक्ति, राज तथा ज्ञान योग क्रमशः क्रिया प्रधान, भाव, प्रधान, ध्यान प्रधान और बुद्धि प्रधान लोगों के लिए है।

स्वामीजी ने शिकागो परिषद के बाद मुख्यतः हिन्दू धर्म का सार अर्थात उसकी दार्शनिक पृष्ठभूमि वेदान्त और उसमें भी विशेष रूप से युक्तिसंगत अपौरुषेय अद्वैत दर्शन तथा चारों योगों की सार्वभौमिकता का प्रचार किया। वेदान्त और योग की विशेषता यह है कि ये सभी प्रकार के मनुष्यों की आवश्यकताओं की पूर्ति करते हैं, चाहे वह कोई भी धर्मावलम्बी क्यों ना हो। धर्म केवल पुस्तकीय ज्ञान या किसी मत का अनुमोदन नहीं, अपितु स्वात्मानुभूति है। प्रसिद्ध जर्मन दार्शनिक डायसन के शब्दों में "वेदान्त केवल मनुष्य के असाधारण बुद्धि कौशल से निर्मित एक भव्य प्रसाद मात्र नहीं है, बल्कि यह नीतिशास्त्र, सद्वृत्त और धार्मिकता का सुदृढ़ आधार है तथा जीवन और मृत्यु के संकटों में अत्यन्त सान्त्वनादायक है"। विख्यात मनीषी रोमा रोलाँ कहते हैं, "सच्चा वेदान्तिक दृष्टिकोण कोई पूर्व निर्दिष्ट

विचार प्रणाली के सहारे अग्रसर नहीं होता। सत्य वस्तु की खोज तथा उसे युक्तिसंगत तरीक़े से स्थापित करने में पूरी स्वतन्त्रता तथा अभूतपूर्व साहस के साथ विद्यमान है"।

वेदान्त में सभी तरह की विचार श्रेणियों को अवकाश है तथा उसे भिन्न-भिन्न प्रकार के धार्मिक जीवन पथ मान्य हैं। वह किसी को संकीर्ण निर्बन्ध में नहीं डालता। वह लोगों में सहानुभूति, सहनशीलता तथा समदृष्टि की भावनाओं को पैदा करता है। वह आध्यात्मिक तथा वैज्ञानिक, युक्तिसंगत तथा अनुभव सिद्ध, गहरा और विशाल, प्रापंचिक और पारमार्थिक अर्थात अभ्युदय - निःश्रेयसात्मक होने के कारण सर्वांगीण और समन्वयकारी है। इसलिए यह सर्वमान्य है। स्वामीजी का दृढ़ विश्वास था कि यह सर्वांगीण वेदान्त भविष्य में विश्व में चिन्तनशील मानवों का धर्म बनेगा।

4. विज्ञान के साथ धर्म का समन्वयात्मक प्रचार

पश्चिमी वैज्ञानिकों को स्वामीजी ने बताया था :

> "ज्ञान का एक मात्र स्रोत अनुभव ही है। इन योगों में से एक भी योग ना तो विचार और युक्ति का त्याग करने के कहता है और ना ही वे हमें अपनी बुद्धि को पुजारी-पुरोहितों के हाथों में सौंपने को कहते हैं। प्रत्येक योग हमसे कहता है कि अपनी बुद्धि पर दृढ़तापूर्वक निर्भर रहो"।
>
> "क्या जो प्रक्रिया वैज्ञानिक क्षेत्र तथा बाह्य जगत के ज्ञान के अन्वेषण में प्रयुक्त की जाती है, उसका प्रयोग धर्म के क्षेत्र में भी किया जा सकता है"? इस प्रश्न के उत्तर में स्वामीजी ने कहा - हाँ, और ऐसा जितना शीघ्र किया जाए, उतना ही अच्छा रहेगा"।

स्वामीजी ने बताया कि भारत में 'धर्म' कभी संकीर्ण अर्थों में प्रयुक्त नहीं होता। भारतीय दृष्टिकोण से "मानव जाति की ज्ञान संबंधी सभी चेष्टाएँ धर्म की हिस्सा हैं"। उन्होंने कहा कि विज्ञान और धर्म दोनों ही हमें जड़ प्रकृति की दासता से मुक्त करने में सहायक हैं। अपने अज्ञान के कारण हम समझते

हैं कि पुरातन होने के कारण धर्म अधिक पवित्र है, परन्तु ऐसी बात नहीं है। भिन्न-भिन्न क्षेत्रों में व्यवहृत होने वाले ज्ञान के दो पहलू होते हैं, जिनमें परस्पर सहयोग और समन्वय होना आवश्यक है।

स्वामीजी ने अपने व्याख्यानों में नए-नए तर्कों द्वारा, प्रमाणपूर्वक एवं दृष्टान्तों सहित, सरल तथा वैज्ञानिक रीति से, धर्म की अति उच्च कल्पना प्रस्तुत की। जीवन में धर्म का सर्वोच्च स्थान, उसका वैज्ञानिक स्वरूप तथा मानव हृदय में विद्यमान उसकी सहज-प्रवृत्ति का बड़े ही कौशल के साथ प्रतिपादन किया। जगत के इतिहास में इस प्रकार के प्रयत्न करने में स्वामी विवेकानंद अग्रगण्य हैं। रोमा रोलाँ ने स्वामीजी द्वारा प्रचलित धर्म को 'सार्वभौमिक वैज्ञानिक धर्म' के शीर्षक से वर्णित किया है। ऐसे धर्म तत्वों के प्रचार से स्वामीजी ने पश्चिम में आध्यात्मिकता के बीजारोपण के लिए भूमि तैयार की। स्वामीजी के विचारों ने अमेरिका तथा यूरोप के धार्मिक तथा वैज्ञानिक, विशेषकर मनोवैज्ञानिक क्षेत्र में तूफ़ान खड़ा कर दिया। चिन्तन के क्षेत्र में उथल-पुथल मचा दी। इसके फलस्वरूप अनेक पाश्चात्य विद्वानों के मन से धर्म के प्रति तुच्छ भावना दूर हो गई और वे धर्म के अतीन्द्रिय अनुभवों का भी वैज्ञानिक प्रणाली से अध्ययन करने की आवश्यकता को समझने लगे।

पश्चिम के अनेक मूर्धन्य चिन्तकों से स्वामीजी की भेंट हुई तथा उनके साथ विचार-विमर्श हुआ। इनमें दार्शनिक विलियम जेम्स, हार्वर्ड विश्वविद्यालय के महापंडित प्रो. राइट, वैज्ञानिक एडवर्ड कारपेण्टर, सुप्रसिद्ध अज्ञेयवादी राबर्ट इन्टरसोल, महान विद्युत-शास्त्री निकोलॉस टेस्ला, फ्रेडरिक मैयर्स, वैज्ञानिक सर विलियम थॉमसन, महाविद्वान हेल्म होल्टस, फ्रांस के महान प्रतिभाशाली पॉट्रिकगेडेस, सुप्रसिद्ध गायिका एम्मा काल्वे, आविष्कारक हीरम माक्सिम, दार्शनिक और वेदान्ती डायसन और अप्रतिम प्राच्यशास्त्री, सायणाचार्य की प्रतिमूर्ति प्रो. मैक्समूलर। इन तथा बहुत अन्य विशेषज्ञों पर स्वामीजी के व्यक्तित्व और उनके गहन विचारों की छाप पड़ी, जिसका प्रभाव धीरे-धीरे समस्त पश्चिम और कालक्रम में सारे विश्व में फैल गया। इस प्रकार भारतीय संस्कृति तथा जीवन-दर्शन का सर्वत्र प्रसार हुआ।

5. हिन्दू विचारों की नयी व्याख्या और भारत का उत्थान

स्वामी विवेकानंद ने 1896 में अपनी अमेरिका यात्रा के पूर्व मद्रास में कहा था, "यदि भारतीय दर्शन को अपनी जीवनी शक्ति पुनः प्राप्त करके शाश्वत होना है और विश्वभर में प्रसारित होना है, तो उन विचारों की पुनर्व्यवस्था तथा नूतन युगोपयोगी व्याख्या होना आवश्यक है"। यह कार्य स्वामीजी जैसी महान विभूति के लिए भी कितना कठिन था, यह उनके पश्चिम से लिखे एक पत्र से ज्ञात होता है :

> "हिन्दू विचारों को अँग्रेज़ी में प्रस्तुत करना और फिर शुष्क दर्शन, जटिल पुराण गाथा और विलक्षण तथा विस्मयकारक यौगिक मनोविज्ञान से एक ऐसे धर्म को संगठित करना, जो सुलभ, सरल तथा लोकप्रिय हो और साथ ही अत्यन्त उच्चकोटि के बुद्धिमान व्यक्तियों की आवश्यकताओं को पूर्ण कर सके, इस कार्य की दुःसाध्यता वे ही समझ सकते हैं, जिन्होंने इस दिशा में प्रयास किया है। निगूढ़ और सूक्ष्म अद्वैत के तत्व दैनन्दिन जीवन में सजीव और रसमय होने चाहिए, अति जटिल पुराण गाथाओं से जीवनोपयोगी नीति तत्वों का उदय होना चाहिए, और विस्मयकारी योगवाद से अत्यन्त वैज्ञानिक तथा व्यवहारशील मनोविज्ञान का उद्‌भव होना चाहिए और यह सब ऐसी सहज शैली में प्रस्तुत किया जाना चाहिए कि एक बालक भी उसे समझ सके। यह मेरे जीवन का कार्य है"।

स्वामीजी अपने इस कार्य में पूर्ण रूप से सफल हुए, यह विवेकानंद साहित्य के अध्ययन से सुस्पष्ट हो जाता है। उसको समझना और कार्यान्वित करना सभी भारतीयों का कर्तव्य है।

स्वामी विवेकानंद केवल विद्वान वक्ता नहीं थे। वे एक ऋषि तुल्य दूरदर्शी कुशल संगठनकर्ता भी थे। प्रचार के साथ-साथ अपने कार्य को स्थायी बनाने के लिए उन्होंने अपने पश्चिमी शिष्य-शिष्याओं को प्रशिक्षित कर संगठित किया और उन्हें योग-वेदान्त के प्रचार कार्य में नियुक्त किया। उन्होंने अपनी मित्र-मंडली की सहायता से पश्चिम में वेदान्त के केन्द्रों की स्थापना की और उनके दिग्दर्शन तथा प्रचार कार्य के लिए भारत से अपने त्यागी

और अनुभवी गुरु भाइयों को बुलाकर उन्हें कार्य का भार सौंपा। पश्चिम में स्वामीजी का कार्य दो प्रकार का था-एक सार्वभौमिक वैज्ञानिक धर्म का प्रचार करना तथा दूसरा भारत के पुनरुत्थान के लिए पाश्चात्य संस्कृति के मूल्यवान सिद्धान्तों का अध्ययन करना और अपने स्फूर्तिदायी पत्रों से भारतीय युवा शिष्यों को उनको आत्मसात करने के लिए प्रेरणा देना।

अपने पश्चिमी आवासकाल में स्वामीजी सर्वदा भारतीय तथा पाश्चात्य जीवन दर्शन का भली-भाँति तुलनात्मक निरीक्षण करते रहे, जिसका विस्तृत विवरण हमें उनकी पुस्तकों में 'प्राच्य और पाश्चात्य' और 'यूरोप यात्रा के संस्मरण' तथा 'पत्रावली' में प्राप्त होता है। इनमें उनकी असाधारण प्रतिभा, गुण ग्राहिता तथा पैनी दृष्टि का परिचय प्राप्त होता है। अपनी 'पत्रावली' में स्वामीजी ने ज्वलन्त भाषा में देशवासियों से भारत के कल्याण के लिए कटिबद्ध होने का आह्वान किया। इन पत्रों में हमें भारत के पुनरुत्थान की उपयोगी विचार सामग्री तथा कार्य प्रणाली प्राप्त होती है, जो हमारी संस्कृति की श्रेष्ठतम विरासत से सुसंबद्ध है और भविष्य की उन्नति के लिए प्रेरणादायक है। जब विदेशों में कार्य स्थायी होने लगा, तो स्वामीजी ने 1896 के अन्त में भारत के नवनिर्माण के मार्ग-दर्शन के लिए स्वयं स्वदेश लौटने का निश्चय किया। पश्चिम में स्वामीजी की सफलता का कारण था, भारत के प्रति जैसी उनकी सहानुभूति थी, उसी प्रकार की सहानुभूति उनके हृदय में पाश्चात्य जनता के कल्याण के लिए थी। वहाँ के बहुत लोगों ने यह अनुभव किया कि स्वामीजी ईश्वर से ही प्रेषित एक दिव्य पुरुष थे, जो पश्चिम के आध्यात्मिक कल्याण के लिए भेजे गए थे। स्वामीजी ने भी स्वयं कहा था, "बुद्ध भगवान का पूरब के देशों के लिए एक संदेश था और उसी प्रकार मेरा एक दिव्य संदेश है पाश्चात्य देशों के लिए"।

III

भारत का नव जागरण

1. भारत में पुनरागमन और जनता में नया उत्साह

स्वामी विवेकानंद की जयकीर्ति उनके भारत आगमन के पूर्व ही भारत पहुँच चुकी थी। भारतीय संस्कृति की इस अप्रत्याशित विजय ने राजनैतिक दासता से जकड़े तथा आत्म-विश्वास खोए निराश भारतीयों के मन में एक नवीन आशा का संचार कर दिया। उनका मन एक अनिर्वचनीय उत्साह से भर गया और एक सुनहरे भविष्य की कल्पना उनकी आँखों के सामने खेलने लगी। "तुम दास हो, गुलाम हो, अन्धविश्वास ही तुम्हारा धर्म है, तुम्हारी संस्कृति बर्बर है, तुम्हारी सभ्यता, असामाजिक तथा पिछड़ी है, तुम्हारे पूर्वज मूर्ख थे, तुम्हारा साहित्य, तुम्हारी कला, तुम्हारी उपलब्धियाँ सभी हीन-स्तर की कृतियाँ हैं"। जब इस प्रकार के कटाक्ष और निंदावचन ही सर्वत्र सुनने में आते थे, तब वेदान्त-केसरी विवेकानंद की एक गर्जना ने ही इन ध्वनियों को डुबो देते हुए ललकारा :

> "समग्र विश्व के इतिहास का अध्ययन करो, तब तुम जानोगे कि प्रत्येक उदात्त आदर्श, जगत में जहाँ कहीं भी देखने में आए उसका उद्भव भारत में ही हुआ है। अनादिकाल से ही भारत मानव जाति के लिए अमूल्य भाव राशि की खान बना हुआ है। उसने स्वयं उदात्त विचारों को जन्म देते हुए मुक्तहस्त से विश्व भर में उनका वितरण किया है। अत्यन्त प्राचीन काल से ही यहाँ पर भिन्न-भिन्न धर्मों के संस्थापकों ने अवतार लेकर सारे विश्व को पवित्र आध्यात्मिक विचारधारा से बार-बार प्लावित किया है।

> यहीं से सात समुद्र पार उत्तर, दक्षिण, पूर्व और पश्चिम चारों ओर दार्शनिक ज्ञान का प्रचण्ड प्रवाह निकला है और यहीं से फिर वही विशाल तरंग उठेगी, जो आजकल की पार्थिव सभ्यता को आध्यात्मिक जीवन दान करेगी। विदेशों के लाखों स्त्री-पुरुषों के हृदय में जड़वाद की जो अग्नि धधक रही है, उसे बुझाने के लिए जिस अमृतधारा की आवश्यकता है, वह यहीं विद्यमान है। मित्रों! विश्वास रखो, यही होने वाला है"।

इस वीरवाणी के स्वच्छ प्रकाश से मानसिक दासता की दीर्घ रजनी का तामसिक आवरण हट गया और भारतीय जीवन गगन में स्वाधीनता का सूर्योदय हुआ। निद्रित भारत पुनः जाग उठा।

स्वामी विवेकानंद के भारत में लौट आने के समाचार से भारत भर में अदम्य उत्साह की नयी लहर दौड़ गई। जब वे 15 जनवरी 1897 को कोलंबो नगर में पहुँचे, तो इस अपार उत्साह को देखकर उनका मन हर्ष और आश्चर्य से भर गया। उन्होंने जनगण के उत्साह की इस धारा को भारत के नव-निर्माण के लिए रचनात्मक दिशा में मोड़ने का निश्चय किया और कोलंबो से अलमोड़ा तक अपने ज्वलन्त तथा स्फूर्तिदायी व्याख्यानों से इस नव-निर्माण का बीज बोया।

26 जनवरी को उन्होंने भारत में एक दूसरे दिग्विजयी राम की भाँति पदार्पण किया रामनाड़ में। उस दिन, जिसे हम आज गणतन्त्र के दिन के रूप में मनाते हैं, स्वामीजी ने वहाँ पर अपने अलौकिक भाषण में यह भविष्यवाणी की :

> "सुदीर्घ रजनी अब समाप्त होती हुई जान पड़ती है। यह संकट का प्रायः अन्त ही प्रतीत होता है। महानिद्रा में निमग्न शव रूपी भारत मानो जागृत हो रहा है। इतिहास की बात तो दूर रही, जिस सुदूर अतीत के आवृत अन्धकार का वेधन करने में परम्परागत अनुश्रुतियाँ भी असमर्थ हैं, वहीं से एक आवाज़ हमारे पास आ रही है। ज्ञान, भक्ति और कर्म के अनन्त उत्तुंग हिमालय स्वरूप हमारी मातृभूमि भारत की हर एक चोटी पर प्रतिध्वनित होकर यह आवाज़ मृदु, दृढ़, परन्तु अभ्रान्त स्वर में

हमारे पास तक आ रही है। जितना समय बीतता है, उतनी ही वह और भी स्पष्ट तथा गम्भीर होती जाती है। और देखो, वह निद्रित भारत अब जागने लगा है। मानो हिमालय की संजीवनी वायु के स्पर्श से मृत देह के शिथिलप्रायः अस्थि-मांस तक में प्राण-संचार हो रहा है। जड़ता धीरे-धीरे दूर हो रही है। जो अन्धे हैं, वे ही देख नहीं सकते और जो विकृत मन के हैं, वे ही समझ नहीं सकते कि हमारी यह अमर मातृभूमि अपनी गम्भीर निद्रा से जाग रही है। अब कोई उसे रोक नहीं सकता। अब वह फिर कभी नहीं सोएगी। कोई बाह्य शक्ति अब इसे कभी दबा नहीं सकती। यह विराटकाया, अनन्त शक्ति-सम्पन्न भारत माता अपने पैरों पर खड़ी हो रही है"।

2. भारत निर्माण की स्वामीजी की कार्यप्रणाली

भारत के पुनरुत्थान के लिए स्वामीजी की कार्यप्रणाली तीन सूत्री थी। प्रथमतः भारत को अपने महान और सुदीर्घ अतीत के गौरव तथा अपनी परम्परागत प्राचीन भव्य संस्कृति का परिचय दिलाना, भारतीयों को उनकी धमनियों में बहता हुआ ऋषि-मुनि-महापुरुषों के रक्त का स्मरण कराना और भविष्य की उन्नति के लिए उनके सामने एक सुयोग्य महान आदर्श रखना, जो उनकी आध्यात्मिक विरासत और उनके सहज स्वभाव के अनुरूप हो सके, जिससे कि उनकी निद्रित महाशक्ति जागृत हो सके।

दूसरा सूत्र था, भारत को अपनी वर्तमान परिस्थिति से अवगत कराना और विश्व के अन्य गतिशील राष्ट्रों की तुलना में प्रगति के पथ पर खड़ा करना।

तीसरा सूत्र था-इस पुनरुत्थान के कार्य को सतत और स्थायी रूप से परिचालित करने के लिए देशों के विभिन्न स्थानों पर केन्द्रों की स्थापना करना, ताकि यह आदर्श जनता के सामने सदा रहे। त्यागी और सेवा परायण नर-नारी इन केन्द्रों के माध्यम से जनता को स्फूर्ति प्रदान करते रहें।

स्वामी विवेकानंद को अपने परिव्राजक काल में ही भारत देश और उसकी जनता का निकट परिचय प्राप्त हो चुका था, परन्तु अब सम्पूर्ण विश्व की तुलना में देखकर उसके गुण और अवगुण और भी अधिक स्पष्ट हो

गए थे। पश्चिम से भेजे गए अपने पत्रों में उन्होंने भारत के पुनरुत्थान का उल्लेख करते हुए लिखा था :

> "भारत का उत्थान होगा-शारीरिक बल से नहीं, आत्म बल से, विनाश की पताका फहराते हुए नहीं, शान्ति और प्रेम की ध्वजा के आश्रय में, त्यागमय भगवान की शक्ति से, धन बल पर नहीं, सेवा-तपस्यामय जीवन के प्रभाव से"।

(आगे चलकर हम देखते हैं कि महात्मा गाँधीजी ने इस आदेश को अक्षरशः अपनाया, भारत को पराधीनता से मुक्त कराने के लिए)

और जब स्वामीजी भारत आए, तो इस बात पर बल देना कभी नहीं भूले कि भारत धर्म, त्याग, तपस्या और सेवा की भूमि है। आध्यात्मिकता उसका मेरुदण्ड है, उसकी धमनियों में बहती हुई रक्तधारा है और जब तक यह जीवनदायी रक्त शुद्ध रहेगा, तब तक राष्ट्र शरीर निरोग, सुदृढ़ एवं स्वस्थ रहेगा। उसकी अन्य सभी समस्याओं का हल स्वतः ही निकल आएगा। उसकी आर्थिक दुर्दशा भी मिट जाएगी। अतः उन्होंने आग्रहपूर्वक कहा :

> "भारत में हर प्रकार की उन्नति के लिए धर्म का सही अर्थों में अभ्युत्थान प्रथमतः आवश्यक है। भारत को सामाजिक या राजनैतिक विचारों से प्लावित करने से पहले देश को आध्यात्मिक विचारों से प्लावित कर दो। हमारे कार्य का प्रधान लक्ष्य यह होना चाहिए कि हम अपने उपनिषद्रों, धर्म ग्रन्थों तथा इतिहास पुराणों में छिपे अपूर्व शक्तिदायी तत्वों को उन ग्रन्थों से बाहर लाकर हिमालय से कन्याकुमारी और सिन्धु से ब्रह्मपुत्र तक फैला दें"।

स्वामीजी जानते थे कि बौद्ध धर्म के विकास के बाद किस प्रकार से देश की सर्वतोमुखी उन्नति हुई थी। जब आत्म शक्ति जाग बैठती है, तब साथ ही शारीरिक और मानसिक शक्ति भी विकसित होती है, जिसके फलस्वरूप जीवन के सभी क्षेत्रों में उन्नति और विकास होने लगते हैं। स्वामीजी की सूक्ष्म दृष्टि ने पहचान लिया था कि :

> "भारत में राष्ट्रीय संगठन उसकी बिखरी हुई आध्यात्मिक शक्तियों का एकीकरण है। और भारत में राष्ट्र, समान रूप में आध्यात्मिक सुर को ताल देने वाले हृदयों के मेल से निर्मित है"।

इसलिए वे भारत की इन बिखरी हुई शक्तियों के संचय के प्रति ध्यान आकर्षित करते रहे।

स्वामी विवेकानंद का विशाल तथा महत्त्वाकांक्षी हृदय भारत के केवल खोए हुए गौरव को लौटाने तक से सन्तुष्ट नहीं था। उनकी प्रबल इच्छा थी कि आचाण्डाल ब्राह्मण पर्यन्त समग्र भारत उन्नत हो और वह पहले की अपेक्षा कहीं अधिक सर्वतोमुखी भव्य और वैभवपूर्ण हो। उन्होंने भविष्य के भारत का सुन्दर चित्र खींचते हुए कहा था :

> "अपूर्व महिमामण्डित भारत का उदय होगा और मेरा दृढ़ विश्वास है कि शीघ्र ही वह दिन आ रहा है। भारत इतना महान होगा कि जैसा वह पहले कभी नहीं था"।

जो लोग केवल पुरातन भारत को आधुनिक समय में यथावत लाने का प्रयत्न करते हैं, उन्हें देख उन्होंने खिन्न मन से कहा कि "ऐसा होना अब संभव नहीं है, ना यह उचित है"। स्वामीजी जानते थे कि काल परिवर्तन हुआ है और इस नव युग में भारत को अपने धर्म और संस्कृति की नए तरीक़े से व्याख्या करना और उनका जीवन में आचरण करना आवश्यक है, ताकि वह नए जमाने की समस्याओं का सामना कर सके तथा प्रगतिशील आधुनिक जगत में प्रभावशाली बन सके। स्वामीजी के सर्वप्रयत्न इसी दिशा में थे।

स्वामीजी ने भारत के अतीत गौरव का विवरण अवश्य किया, परन्तु इसलिए कि भारत अपनी अन्तर्निहित शक्तियों को पहचाने, अपने महिमा-मण्डित अतीत पर विश्वास करे, अपनी प्राचीन संस्कृति की धारा की दिशा से परिचित हो जाए और अपने भविष्य का निर्माण इसी सुदृढ़ स्वभाव सिद्ध नींव पर ही करे। भारतीय अध्यात्म संपत्ति पर स्वामीजी ने इसलिए जनता का लक्ष्य खींचा, क्योंकि "विश्व के लिए भारत की देन है आध्यात्मिक प्रकाश"। उन्होंने बताया कि भारत ने अति प्राचीन काल से ही विश्व के आध्यात्मिक जीवन को प्लावित किया है :

"यही है भारत का जीवन-कार्य, उसके सनातन गीत का ध्रुव पद, उसके अस्तित्व का प्रयोजन – 'मानव जाति का आध्यात्मीकरण' अपने जीवन के इस लक्ष्य से वह कभी नहीं हटा"।

और आधुनिक युग में भी इस कार्य के सम्पादन के लिए प्रोत्साहित करते हुए उन्होंने ओजस्वी वाणी में कहा :

"राष्ट्रीय जीवन का एक मात्र आधार है 'भारतीय चिंताधारा की विश्व पर विजय'। यह महान ध्येय हमारे सामने है और प्रत्येक भारतीय को इस कार्य के लिए कटिबद्ध होना चाहिए। इससे कम ध्येय हमारे लिए उचित नहीं है। हमारा प्रति क्षण, जीवन का प्रत्येक श्वास, इस कार्य में लग जाए। उठो भारत! अपनी आध्यात्मिकता से विश्व विजय करो"।

3. देश के उत्थान का मार्ग

स्वामी विवेकानंद की कार्य प्रणाली सर्वथा रचनात्मक थी। उन्होंने कभी भी निषेधात्मक या विनाशात्मक कार्य प्रणाली का सहारा नहीं लिया। वे तो कहते थे कि "यह भारत रूपी महापोत प्राचीन काल से कार्य करता हुआ चला आ रहा है। कोई भी इसे अपनी इच्छानुसार जोर-ज़बर्दस्ती से चलने के लिए विवश नहीं कर सकता"। स्वामीजी ने मद्रास में देशोत्थान के अपने विचार अभिव्यक्त करते हुए कई व्याख्यान दिए, जिनके शीर्षक थेः- (1) 'क्रान्तिकारी योजना', (2) 'भारतीय जीवन में वेदान्त का प्रभाव', (3) 'भारतीय महापुरुष', (4) 'हमारे सामने उपस्थित कार्य', (5) 'भारत का भविष्य'।

अपनी 'क्रान्तिकारी योजना' के व्याख्यान में स्वामीजी ने कहा :

"मुझमें अपनी थोड़ी दृढ़ता है, मेरा थोड़ा निज का अनुभव भी है और मेरे पास संसार के लिए एक सन्देश है, जो मैं बिना किसी डर के, बिना भविष्य की चिन्ता किए सबको दूँगा। सुधारकों से मैं कहूँगा कि मैं स्वयं उनसे कहीं बढ़कर सुधारक हूँ। वे लोग केवल इधर-उधर थोड़ा सुधार करना चाहते हैं। और मैं चाहता हूँ मूल सुधार। हम लोगों का मतभेद है केवल सुधार की प्रणाली

में। उनकी प्रणाली विनाशात्मक है और मेरी रचनात्मक। मैं सुधार में विश्वास नहीं करता, मैं करता हूँ स्वाभाविक उन्नति में, अभिवृद्धि में। मैं अपने को ईश्वर के स्थान पर प्रतिष्ठित कर अपने समाज के लोगों के सिर पर यह उपदेश मढ़ने का साहस नहीं कर सकता कि 'तुम्हें इसी भाँति चलना होगा, दूसरी तरफ नहीं'। यह अद्भुत राष्ट्र जीवनरूपी सहायता, महापोत युग-युग से कार्य करता आ रहा है। राष्ट्रीय जीवन का यह अद्भुत प्रवाह हम लोगों के सम्मुख बह रहा है। राष्ट्रीय जीवन को जिस ईंधन की जरूरत है, उसे देते जाओ, बस वह अपने ढंग से उन्नति करता जाएगा। कोई उसकी उन्नति का मार्ग निर्दिष्ट नहीं कर सकता"।

"हम लोगों को अपनी प्रकृति के अनुसार उन्नति करनी होगी। विदेशी संस्थाओं ने बलपूर्वक जिस कृत्रिम प्रणाली को हममें प्रचलित करने की चेष्टा की है, उसके अनुसार काम करना वृथा है। वह असम्भव है। जय हो प्रभु! हम लोगों को तोड़-मरोड़कर नए सिरे से दूसरे राष्ट्रों के ढाँचे में गढ़ना असम्भव है"।

"हे मेरे देशवासियों, मेरे मित्रों, मेरे बच्चों! राष्ट्रीय जीवन रूपी यह महापोत लाखों लोगों को जीवन रूपी समुद्र से पार कराता आ रहा है। बहुत शताब्दियों से इसका यह कार्य चल रहा है और इसकी सहायता से लाखों आत्माएँ इस सागर के उस पार अमृतधाम में पहुँची हैं। पर आज शायद तुम्हारे ही दोषों से इस पोत में कुछ खराबी हो गई है, इसमें एक-दो छेद हो गए हैं, तो क्या तुम इसे रोकोगे? संसार में जिसने तुम्हारा सबसे अधिक उपकार किया है, उसके विरुद्ध खड़े होकर उस पर गाली बरसाना क्या तुम्हारे लिए उचित है? यदि तुम्हारे इस समाज में, इस राष्ट्रीय जीवन रूपी महापोत में छेद हैं, तो हम उसकी सन्तान हैं, आओ चलें, उन छेदों को बन्द करें-उसके लिए हँसते-हँसते अपने हृदय का रक्त बहा दें। और यदि हम ऐसा ना कर सकें तो हमें मृत्यु का आलिंगन करना ही उचित है"।

स्वामीजी अपने व्याख्यानों, पत्रावली तथा वैयक्तिक कथा-वार्ता, साक्षात्कार, बातचीत और लेखनों (जो अब दस खण्डों में प्रकाशित हुए हैं) द्वारा एक वैचारिक आन्दोलन खड़ा करना चाहते थे। अतः उन्होंने कहा था :

> "मेरे जीवन की सर्वोच्च अभीप्सा यह है कि मैं एक ऐसा उपकरण स्थापित कर दूँ, जिससे कि उदात्त विचार लोगों के द्वार-द्वार पर पहुँचाए जा सकें, फिर सभी नर-नारी अपने भाग्य का निर्णय स्वयं कर लें। वे जान लें कि हमारे पूर्वज राष्ट्रीय जीवन की महत्त्वपूर्ण समस्याओं पर विचार कर चुके हैं। और अब अन्य देश क्या कर रहे हैं। तदुपरान्त वे अपना निर्णय कर लें। राष्ट्र का भाग्य सामान्य जनता की अवस्था पर निर्भर है। क्या तुम उनको उन्नत कर सकते हो? उनकी सहज आध्यात्मिक प्रकृति का विनाश किए बिना उनकी खोई हुई अस्मिता को, व्यक्तित्व को, क्या फिर लौटा सकते हो? क्या तुम अपनी समानता की भावना, स्वातन्त्र्य प्रेम, क्रियाशीलता तथा क्षमता में सर्वश्रेष्ठ पाश्चात्य मानव की भाँति और साथ ही अपनी धार्मिक प्रकृति तथा अन्तःप्रेरणा से सम्पूर्ण निष्ठावान हिन्दू बन सकते हो? इस आदर्श को सम्पन्न करना ही होगा और हम लोग इसे सिद्ध करके ही रहेंगे"।

लेकिन भारत की वर्तमान पतनावस्था की ओर स्वामीजी का ध्यान पूरी तरह था। उसके धर्म की अधोगति, वर्णाश्रम धर्म का संकुचित विपरीत अर्थ, श्रद्धा और आत्मविश्वास, पश्चिम का अन्धानुकरण, साधारण जनता और नारी वर्ग की उपेक्षा, राजनैतिक परतन्त्रता तथा आर्थिक दुर्बलता। अतः उन्होंने इन कमियों के निवारण के लिए जहाँ एक ओर अतीत के गौरव का वर्णन किया, वहीं दूसरी ओर उसकी वर्तमान विषमता तथा दुर्बलता की तीव्र भर्त्सना करते हुए उनसे ऊपर उठने का आग्रह किया। समस्त भारतीयों को प्रेरित करते हुए सिंहनाद किया, "उठो जागो! और जब तक लक्ष्य की प्राप्ति नहीं होती, चलते रहो, रुको मत"।

स्वामीजी ने बताया कि आत्म-विश्वास की कमी, श्रद्धाहीनता और अन्धानुकरण ही हमारी अधोगति का मूल कारण है। हमें चाहिए विदेशी

नियन्त्रण से सर्वथा मुक्ति, जो अपने भारतीय ज्ञान भण्डार की विविध शाखा-उपशाखाओं के अध्ययन, अँग्रेज़ी भाषा तथा पाश्चात्य विज्ञानों के ज्ञान को अपना कर एवं उनकी संकीर्णता को त्यागकर विवेचनापूर्वक विदेशियों के सद्गुणों को आत्मसात करने से संभव है। उन्होंने बताया कि हम जगत के सम्पर्क के बिना नहीं रह सकते और हमारे दासत्व का मुख्य कारण है कि हमने मूर्खतावश अन्य देशों से अपने संबंध छोड़ दिए। इसलिए यदि फिर भारत को ऊर्जित होकर एक सुसंगठित राष्ट्र के रूप में ऊपर उठना है, तो हमें अपनी निष्क्रियता छोड़कर आगे बढ़ना चाहिए। विदेशों की बुद्धिपूर्वक यात्रा करना चाहिए। अन्य देशों में समाज-यन्त्र किस प्रकार काम कर रहा है, इसका निरीक्षण करके जान लेना चाहिए तथा साथ ही साथ खुले मन से अन्य राष्ट्रों के साथ विचार-विनिमय करना चाहिए, परन्तु उन्होंने जोर दिया कि जो कुछ हम विदेशों से लेते हैं, पहले अपने राष्ट्रीय आदर्श के ढाँचे में उसे डाल लेना चाहिए।

> "पहले पैरों पर खड़े हो जाओ और उसके बाद अन्य देशों से जो कुछ ग्रहण करने योग्य है, उसे अपना लो। प्रत्येक राष्ट्र से सीखो, किन्तु याद रखो, हिन्दू होने के नाते तुम्हें अन्य सब कुछ अपने राष्ट्रीय आदर्शों के अधीन अवश्य करना होगा"।

4. श्रीरामकृष्ण मठ और मिशन की स्थापना

स्वामी विवेकानंद ने अपने कार्य के तृतीय सूत्र के रूप में देश और धर्म के उत्थान के लिए जो लोग अपने को समर्पित करते हैं, उन्हें निरन्तर मार्गदर्शन और प्रोत्साहन देने के लिए एवं अपने विश्वव्यापी कार्य को चिरस्थायी बनाने के लिए श्रीरामकृष्ण मठ और रामकृष्ण मिशन नाम से कलकत्ता के पास गंगातट पर दो मिली-जुली युगल संस्थाओं की स्थापना की। इनकी शाखाएँ और आदर्श अब विश्व के अनेक प्रधान राष्ट्रों में फैल गए हैं। इन दो संस्थाओं के माध्यम से संन्यासी और समर्पित अन्य लोग मिल-जुलकर देश-धर्म की सेवा करते हैं।

वस्तुतः श्रीरामकृष्ण देव ने ही जीवन के अन्तिम दिनों में अपने बुद्धिमान सुशिक्षित युवा शिष्यों को त्याग, ईश्वर-दर्शन और सेवा के उच्च

आदर्श से प्रेरित किया था। उन्होंने इन युवा शिष्यों को, जिनकी संख्या सोलह थी, सहज अनौपचारिक रीति ने संघबद्ध भी किया था और देहत्याग के कुछ दिन पूर्व इनका नेतृत्व नरेन्द्रनाथ (भविष्य के विवेकानंद) को सौंपा था। इन युवकों में श्रीरामकृष्ण के देहावसान (16 अगस्त, 1886) के तुरन्त बाद दक्षिणेश्वर के निकट वराहनगर (Barahnagar) में छोटे पैमाने पर एक मठ की स्थापना की और उसे केन्द्र बनाकर अपनी आध्यात्मिक साधना और स्वाध्याय आदि में तल्लीन हुए। कई मास बाद उन्होंने विधिवत संन्यास ग्रहण करके ईश्वर-दर्शन और 'शिव-भावना से जीवों की सेवा' का व्रत धारण किया। यह सर्वविदित है कि तदनन्तर स्वामी विवेकानन्द भारत-भ्रमण में निरत हुए और 3 मई 1893 को शिकागो विश्वधर्म सम्मेलन में भाग लेने के लिए अमेरिका रवाना हुए।

स्वामीजी पाश्चात्य से लिखे अपने पत्रों में ना केवल अपने शिष्यों, बल्कि अपने गुरु भाइयों को भी स्फूर्तिदायी मार्गदर्शन करते हुए उन्हें देश-धर्म और मानवता के कल्याण के लिए जीवन उत्सर्ग करने की प्रेरणा देते रहे। इसके साथ-साथ अपने गुरु भाइयों को मठ के संगठन, उन्नति और प्रगति के बारे में लिखते रहे। अब भारत लौटने पर सेवा कार्य को व्यवस्थित रूप देने के लिए 1897 में 'रामकृष्ण मिशन' की स्थापना की और मठ, जो तब आलमबाजार में किराये के मकान में था, उसे भी 'श्रीरामकृष्ण मठ' नाम से गंगाजी के पश्चिमी तट पर बेलूर ग्राम में एक सुविशाल क्षेत्र में विधिवत प्रतिष्ठित किया। यह मठ 'बेलूर मठ' नाम से लोकप्रसिद्ध हुआ है और दोनों संस्थाओं के विश्वव्यापी शाखाओं का मुख्य केन्द्र और मुख्य स्थान है। इन युगल संस्थाओं का आदर्श-वाक्य स्वामीजी ने स्थिर किया - "आत्मनो मोक्षार्थं, जगद्धिताय च" अर्थात आत्म-साक्षात्कार से अपनी आध्यात्मिक मुक्ति, और इसके साधन स्वरूप जगत का हित और अभ्युदय। इनके लिए एक समन्वयात्मक सर्वांगीण कार्य-प्रणाली को सामने रखते हुए उसके आदर्श-चिह्न स्वरूप "चतुर्योग-समन्वित सोहं हंस" चित्रांकित मुद्रा (Emblem seal, or symbol) तथा ध्वज को निश्चित किया, जिसके तले उपनिषद्ों का 'तन्नो हंसः प्रचोदयात्' मन्त्र भी अंकित है।

IV

भारत का नवनिर्माण

1. सर्वप्रथम नारीवर्ग और जनसामान्य का उत्कर्ष

गत अध्याय में हमने देखा कि स्वामी विवेकानंद ने धर्म को अपने सभी कार्यों की पृष्ठभूमि बनाया और उसी के आधार पर अपना देशोत्थान का कार्य प्रारम्भ किया। पशुवृत्ति और मानवता में धर्म ही विशेष लक्षण है। 'धर्मेण हीनः पशुभिः समानः'। यह उक्ति अक्षरशः सत्य है - यह आजकल सर्वत्र अनुभव की बात है। हाँ, धर्म की असली अर्थों में व्याख्या करनी चाहिए।

समाज में धर्म की मौलिक आवश्यकता को भली-भाँति जानकर धर्म पर बल देते हुए स्वामीजी यह भी अच्छी तरह जानते थे कि 'भूखे पेट धर्म नहीं होता', और सहसा उनके करुणा से भरे हृदय से ये उद्गार निकले, "जब तक मेरे देश में एक कुत्ता भी भूखा रहेगा, तब तक उसे खिलाना ही मेरा धर्म है"। स्वामीजी ने कुछ वर्ष पूर्व ही अपने पत्रों में स्पष्ट किया था कि भारत का उद्धार तभी होगा, जब उसके जनगण तथा नारीवर्ग का उत्थान होगा। अपने जीवन के अन्तिम दिनों में भी उन्होंने अपनी गतिशील विदुषी शिष्या भगिनी निवेदिता (मिस मार्गरेट नोबल) से कहा था, "मत भूलो, हमारे राष्ट्रोद्धार का मन्त्र है, नारीवर्ग और जनगण का उत्कर्ष"।

स्वामीजी का निष्कर्ष था कि साधारण जनता की उपेक्षा हमारा राष्ट्रीय पाप है और यह हमारी अवनति का प्रधान कारण है। जब तक भारत के ये जन-सामान्य पुनः शिक्षित, सबल और सुखी नहीं होंगे, तब तक समस्त राजनैतिक गतिविधियाँ व्यर्थ हैं। उनसे कुछ भी संतोषजनक परिणाम नहीं

निकलेगा। इसलिए स्वामीजी ने दरिद्रता के सागर में डूबे जनसामान्य की ओर देश का ध्यान आकृष्ट करते हुए कहा कि यदि भारत का पुनरुत्थान होना है, तो पहले उसके जन-सामान्य तथा नारी वर्ग की उन्नति होनी चाहिए, परन्तु उन्हें सावधान करते हुए निर्देश दिया, "यह होना चाहिए उनकी स्वाभाविक धार्मिक भावनाओं को किंचित भी ठेस ना पहुँचाते हुए"। स्वामीजी ने हृदय-विदारक शब्दों में अपने एक पत्र में लिखा :

> "राष्ट्र झोपड़ियों में रहता है। यह दुर्भाग्य है कि अभी तक उनके लिए किसी ने कुछ नहीं किया। दरिद्रता तथा अज्ञान के अन्धकार में डूबे हुए इन करोड़ों नर-नारियों के प्रति किसकी सहानुभूति है? उनके उद्धार का मार्ग क्या है? वे ना तो प्रकाश पाते हैं, ना विद्या-कौन उनके जीवन में प्रकाश लाएगा? कौन द्वार-द्वार जाकर उन्हें विद्या दान करेगा?"

स्वामीजी के ये उद्‍गार केवल मानवतावादी दृष्टिकोण से ही नहीं निकले थे, अपितु उसके पीछे राष्ट्र में व्याप्त आर्थिक दुर्दशा और शोषक असमानता भी थी। वे जानते थे कि जनगण ही राष्ट्रीय जीवन का मूलाधार है। उन्हीं के श्रम पर उच्च कहलाने वाले वर्गों का समृद्ध जीवन, कला कौशल, संस्कृति एवं सभ्यता निर्भर है। इसलिए स्वामीजी ने कहा, "मैं ऐसे हर व्यक्ति को द्रोही समझूँगा, जो जनगण के रक्त शोषण से पुष्ट होकर उनकी उन्नति की ओर लेशमात्र भी ध्यान नहीं देता"। इसी सन्दर्भ में उनकी अन्तरात्मा से एक महावाक्य निकल पड़ा, "उसी को मैं महात्मा कहता हूँ, जिसके हृदय से ग़रीबों के रक्त के लिए आँसू बहते हैं, अन्यथा वह दुरात्मा है"।

स्वामीजी ने भारतवासियों को दरिद्र नारायण की सेवा का एक आध्यात्मिक आदर्श देते हुए निर्देश दिया, "तुमने पुराने धर्मशास्त्रों में पढ़ा है, 'मातृ देवो भव' 'पितृ देवो भव' इत्यादि, लेकिन मैं कहता हूँ, 'मूर्ख देवो भव' 'दरिद्र देवो भव', यही इस युग का परम धर्म है"। इन दरिद्रों की सेवा के लिए स्वामीजी ने तीन प्रकार के दान बताए-सर्वप्रथम अन्नदान, फिर विद्यादान, तदुपरान्त ज्ञानदान।

नारियों की उन्नति के बारे में स्वामीजी ने कहा, "पक्षी एक ही पंख के सहारे कभी उड़ नहीं सकता। उसके लिए दोनों ही पंखों की आवश्यकता है।

उसी प्रकार राष्ट्रीय-जीवन को सुदृढ़ और समृद्ध बनाने के लिए स्त्री और पुरुष दोनों की ही उन्नति की आवश्यकता है"। एक पहिये से गाड़ी कभी नहीं चल सकती। इसलिए नारियों के सामने सीता, सावित्री, दमयन्ती, गार्गी, मैत्रेयी आदि नारियों का आदर्श रखना चाहिए। नारियों को अपने पैरों पर खड़े होने की शिक्षा दी जानी चाहिए, ताकि वे पुरुषों की ओर मुख ना ताकते हुए अपनी समस्याओं को स्वयं ही हल कर सकें। नारियों की समस्याओं के समाधान में पुरुषों का अनावश्यक हस्तक्षेप नहीं होना चाहिए। हर विषय में स्वामीजी का मंत्र था "उद्धरेत् आत्मना आत्मानम्"।

स्त्री-शिक्षा के बारे में स्वामीजी के विचार एकदम स्पष्ट हैं। वे उन्हें केवल पूजा-पाठ की शिक्षा देना ही काफी नहीं समझते, अपितु धर्म कला, साहित्य, संगीत, विज्ञान, गृहकार्य, पाकशास्त्र, शिवणकला, स्वास्थ्य रक्षा, शिशुपालन आदि सभी विषयों में उन्हें पारंगत देखना चाहते थे। बालिकाओं के समक्ष सर्वत्र आदर्श चरित्रों को रखना आवश्यक है, जिनके प्रभाव से उनके मन सर्वथा निःस्वार्थता की भावना से ओत-प्रोत हो सकें। मनु के वचनों को उद्धत करते हुए उन्होंने कहा-"यत्र नार्यस्तु पूज्यन्ते रमन्ते तत्र देवताः"। (जहाँ नारियों का सत्कार तथा आदर होता है, वहाँ देवता प्रसन्न होते हैं।) नारी जगदम्बा की प्रतिमूर्ति है, उसे केवल एक उपभोग की वस्तु या केवल संतानोपत्ति का यंत्र बना देना घृणित कार्य है।

देश की समस्याओं को जो लोग यूरोपीय दृष्टि से देखते थे, उनसे स्वामीजी बिलकुल सहमत नहीं थे। उसके कड़े विरोधी थे। खेद की बात है कि आजकल भी पाश्चात्य धारा से शिक्षित और पाश्चात्य संस्कृति से अभिभूत भारतीय ऊपरी वर्ग के नर-नारियों में सर्वत्र पाश्चात्य दृष्टिकोण ही देखने में आता है। अपने ही देश की जनता और संस्कृति के प्रति इतना निरादर दिखाते हैं, मानो उनके मन से स्वाभिमान लुप्त हो गया है। पश्चिम का अनुकरण ही उनके जीवन का चरम आदर्श बन गया है। चिन्ता का विषय यह है कि भारत के परिचालन की बागडोर इन्हीं लोगों के हाथ में है। भारत का भी एक उच्च राष्ट्रीय आदर्श है, जिसमें जगत कल्याण निहित है, यह वे भूल से गए हैं, लेकिन इसके दुष्परिणाम के कारण कई लोगों की आँखें खुल रही हैं, यही आशा की किरण है। अगर ये लोग स्वामीजी और गाँधीजी द्वारा दर्शित मार्ग पर चलते, तो आज की कई विकट समस्याओं

का उद्भव ही नहीं होता। सामान्य जनता का विश्वास और उत्साह भी नहीं खोता। अस्तु, स्वामीजी ने अपने विस्तृत अनुभव के आधार पर बताया कि "गृहिणी-धर्म का भारतीय आदर्श जगत के अन्य देशों के आदर्शों की तुलना में कई प्रकार से अधिक श्रेष्ठ है, यह मैं बिना किसी संकोच के कह सकता हूँ। इससे यह नहीं समझना कि भारतीय नारी को कोई समस्या नहीं है। भारतीय नारी के सामने समस्याएँ हैं और अनेक समस्याएँ हैं, लेकिन देश की ऐसी एक भी समस्या नहीं, जिसे एक जादूभरे शब्द से हल किया नहीं जा सके - वह शब्द है 'शिक्षा'।"

2. चरित्रगठनकारी शिक्षा

स्वामी विवेकानंद ने हमारी सभी समस्याओं का, चाहे वे सामाजिक हों या राष्ट्रीय, एकमात्र हल शिक्षा में ही पाया, परन्तु उनकी कल्पना की शिक्षा केवल पुस्तकीय विद्या या विषय ज्ञान का संचय नहीं था, जो लोगों के मस्तिष्क में भर दिया जाए और आत्मसात होने की अजीर्ण अवस्था में जीवनभर विनाशकारी अहंकार का शोर मचता रहे। स्वामीजी ने बताया :

> "हमारे लिए आवश्यक है - जीवनदायी, पौरुष भरने वाली, चरित्रगठनकारी तथा धारणाओं को आत्मसात करने वाली शिक्षा"।

उन्होंने बताया कि वर्तमान शिक्षा हर प्रकार से निषेधात्मक है, जो श्रद्धा और आत्मविश्वास का लोप करने वाली है। इसलिए हमारा लक्ष्य होना चाहिए कि अपने देश की लौकिक और आध्यात्मिक शिक्षा का प्रबन्ध अपने हाथों में ले लें। हमको ऐसी शिक्षा की आवश्यकता है, जिसके से चरित्र गठन हो, मनोबल बढ़े, बुद्धि विशाल हो तथा हमें स्वावलम्बी बनाए। स्वामीजी ने शिक्षा के सार-सर्वस्व को स्पष्ट करते हुए कहा :

> "समस्त विद्याभ्यास और प्रशिक्षण का ध्येय होना चाहिए 'मनुष्य निर्माण'।"

3. वर्णधर्म और अस्पृश्यता

उदात्त वर्णधर्म की दुरावस्था और उसका सामाजिक दुरुपयोग एवं देश और धर्म पर उसका दुष्प्रभाव-ये सब स्वामीजी से छिपे नहीं थे। उन्होंने मौलिक वर्णाश्रम धर्म का उद्देश्य क्या है, इसको बताते हुए विशुद्ध रूप में आध्यात्मिक स्तर पर व्याख्या की। अविकृत शुद्ध वर्णाश्रम धर्म मानव मात्र के हित के लिए है। सभी को अपने-अपने स्वाभाविक स्तर से, अपने-अपने सामाजिक कर्तव्यों को निभाते हुए, अपने अन्तर्निहित दिव्य आत्मस्वरूप का साक्षात्कार कराना ही वर्णाश्रम धर्म का मूल और प्रधान उद्देश्य है। इसका विकृत स्वरूप ही आजकल का उच्च-नीच भाव से प्रेरित जातिवाद है। हजारों बाह्य संकट परिस्थितियों के कारण हिन्दू समाज में अनेक घात-प्रतिघात की प्रतिक्रिया हुई, जिससे गतिरोध उत्पन्न हुआ। इस कारण वह अपने राष्ट्रीय आदर्शों में विच्युत हो गया। इस परिस्थिति ने ही जातिवाद को जन्म दिया, और इसका बुरा नतीज़ा 'अस्पृश्यता' के रूप में प्रकट हुआ।

लेकिन आश्चर्य की बात यह है कि क्रमशः विकृत होते हुए भी वर्णाश्रम धर्म ने आर्य भारतीय परम्परा और संस्कृति की 6000/7000 वर्षों से आज तक बहुत हद तक रक्षा की और इसे प्रचलित रखा। यह वर्णाश्रम धर्म की आध्यात्मिक नींव और अन्तःशक्ति का द्योतक है। अस्तु अस्पृश्यता रूपी रोग ने आक्रमण किया है, वह शोचनीय है और उसका निवारण अत्यावश्यक है। और इस दिशा में स्वामीजी ने सभी प्रकार से अपने प्रयत्न जारी रखे।

अस्पृश्यता का खण्डन करते हुए स्वामीजी ने अपने पत्रों में और व्याख्यानादि में उसकी तीव्र भर्त्सना की :

> "अस्पृश्यता एक मनोविकार है, याद रखो! विकास ही जीवन है और संकीर्णता ही मृत्यु। प्रेम ही विकास है और स्वार्थपरता ही संकुचन। अतः प्रेम ही जीवन का एकमात्र नियम है। हिन्दुओं का धर्म आजकल ना तो वेद में है, ना पुराणों में, वह केवल अस्पृश्यता में है। 'मुझे मत छुओ, मुझे मत छुओ' यही उसका सारसर्वस्व है। इस कारण समग्र देश अधोगति के रसातल में चला जा रहा है। कायरता और अज्ञान में डूब रहा है। इन 'अस्पृश्य' गिने जाने वाले लोगों को ऊपर उठाना चाहिए। उनके

> लिए आशा और विश्वास भरने वाले स्वर में घोषणा करनी चाहिए – 'आओ, तुम भी मनुष्य हो और हमें जो सब अधिकार हैं, वे तुम्हारे लिए भी हैं"।

स्वामीजी ने दर्शाया कि हमारी सहानुभूति ना होने के कारण ही प्रतिवर्ष हज़ारों 'अस्पृश्य' मुसलमान या ईसाई बन रहे हैं। इसलिए अस्पृश्यता रूपी उन्माद को पहले निर्मूल करना चाहिए।

अस्पृश्यता और केवल जन्मगत जातिवाद की प्रथा को स्वामीजी ने बिलकुल स्थान नहीं दिया, लेकिन स्वामीजी ने वर्णाश्रम धर्म के आध्यात्मिक मूल सिद्धान्तों का खण्डन नहीं किया। एक ना एक प्रकार से वर्णव्यवस्था सर्वत्र अनिवार्य है और सभी देशों में देखने में आती है। स्वामीजी ने यह स्पष्ट किया कि यह वर्णव्यवस्था एक अर्थनैतिक सामाजिक संस्था है और समाज में संघर्ष मिटाने के लिए इसका प्रादुर्भाव हुआ था। जातियों का परस्पर संघर्ष व्यर्थ है। उससे कुछ लाभ नहीं। वह हमें अधिक छिन्न-भिन्न करेगा। हमें और निर्बल बनाएगा। हमारा और अधःपतन होगा। हमारी जाति समस्या का हल उच्च जाति को नीचे खींचकर नहीं, बल्कि निम्न वर्ण की जातियों को उच्च जातियों के स्तर तक उठाकर करना होगा। हमारा समग्र कार्य समस्त मानव जातियों को आदर्श 'ब्राह्मणत्व' के स्तर तक पहुँचाना है अर्थात ब्राह्मणत्व, जिसमें निःस्वार्थता, निरपेक्षता और आध्यात्मिकता पूर्णरूप से अभिव्यक्त हुई है। यही वर्णाश्रम धर्म का मर्म है"।

4. अद्वैत तत्वों का आधार और संस्कृत भाषा का प्रचार

दिव्य दृष्टि-सम्पन्न ऋषितुल्य अनुभवी स्वामीजी अच्छी तरह जानते थे कि राष्ट्र की उन्नति, समाज का कल्याण और मानव निर्माण केवल उपस्थिति पर निर्भर करने वाली भावनाओं तथा तदनुयायी प्रयत्नों से ही स्थायी रूप से हो नहीं सकता। उसके लिए एक शाश्वत जीवन-दर्शन, चरम सत्य पर प्रतिष्ठित आध्यात्मिक तत्वों के सुदृढ़ आधार की नितान्त आवश्यकता है। स्वामीजी ने देखा कि यह सभी वेदान्त में, विशेषकर अद्वैत वेदान्त दर्शन में उपलब्ध है। अद्वैत दर्शाता है कि समस्त सचराचर अखिल प्रपंच एक ही अनन्त चर में सत्य की अभिव्यक्ति है, जो सत्य अनादि-अनन्त कूटस्थ नित्य है, और जो सत्-चित्-आनन्द-स्वरूप है। सभी नर-नारियों में, सभी पशु-पक्षी,

कीट-पतंग, वृक्ष गुल्मादि में यही एक ही सत्य समानभाव से अंतर्निहित है, सभी का उद्‌गम वहीं से और सभी जीवों का गम्यस्थान, चरमलक्ष्य भी वही है।

इसलिए मनुष्य जीवन और राष्ट्रीय, सामाजिक और वैयक्तिक जीवन का चरम लक्ष्य, उसकी रूप-रेखा, उसके सभी यत्न और सभी स्तर पर उसके आचार-विचार-व्यवहार जीवन के परमोद्देश्य की दिशा में होने चाहिए। सभी जीवों में एक ही दिव्य आत्मा का प्रकाश होने के कारण सभी के परस्पर व्यवहार में अपार प्रेम और सौहार्द भाव रहना चाहिए। "परस्परं भावयन्तः श्रेयः परम् आवाप्स्यथ" यह गीता के वचन हैं। ईशोपनिषद् भी कहता है "मा गृधः कस्यविद् धनम्" क्योंकि सभी में एक ही ईश्वर ओत-प्रोत अर्थात व्याप्त है। वही आगे चलकर कहता है - "यस्मिन् सर्वाणिभूतानि आत्मा एव अभूत विजानतः। तत्र को मोह, कः शोकः एकत्वम् अनुपश्यतः"।

इसलिए स्वामीजी ने समाज में समता तथा समदर्शिता लाने के लिए और व्यक्तिगत जीवन को एक उच्च आदर्श की पृष्ठभूमि में रूपायित करने के लिए अद्वैत वेदान्त के तत्वों को जीवन के सभी क्षेत्रों में सामाजिक, नैतिक और आध्यात्मिक-कार्यान्वित करने का प्रयास किया। लोगों के सामने उन्होंने 'आनुष्ठानिक वेदान्त' (Practical Vedanta) अर्थात वेदान्त के महान तत्वों को किस प्रकार अनुष्ठान में लाया जा सकता है - इसे दिखाया। युवकों से अनुरोध किया कि इन उदात्त तत्वों को अपने जीवन में कार्यान्वित करें और देश के कोने-कोने और विश्वभर में उनको पसार दें। ये अद्वैत के विप्लवकारी महान तत्व समस्त मानव जाति की ही नहीं, बल्कि प्राणि मात्र की एकता तथा दिव्यत्व की घोषणा करते हैं, और सभी को 'अमृत के पुत्र' सम्बोधन करते हुए परमश्रेय के प्रति अग्रसर होने का आह्वान करते हैं। इन्हें राजा से रंक तक, पुजारी से पापी तक, अज्ञ से सूज्ञ तक सभी के पास पहुँचा दें।

इसके साथ-साथ स्वामीजी का यह विश्वास था कि प्रयत्नपूर्वक अर्जित संस्कृति और ज्ञान को स्थायी करने के लिए शास्त्रों को स्वायत्त करना नितान्त आवश्यक है। इसके लिए संस्कृत भाषा का प्रचार और शास्त्रों का स्वाध्याय अर्थात अध्ययन-अध्यापन जनगण में प्रचलित करना चाहिए। उच्च वर्णों की प्रतिष्ठा और विशेषता इसी में है भारत में। इसलिए स्वामीजी ने

निम्न वर्गों से आग्रह किया कि वे संस्कृत भाषा को अपनाएँ और मूल शास्त्रों का अध्ययन करें। इसी से उनकी सामाजिक स्थिति सुधरेगी और उनका स्तर उन्नत होगा। उन्होंने बताया कि "संस्कृत भाषा हमें सुसंस्कारित करती है और यही उच्च वर्गों की विशेष शक्ति का आधार है। भारत में संस्कृत और प्रतिष्ठा पर्यायवाची हैं। विद्याज्ञान और विचार लोगों की भाषा में ही दिया जाना चाहिए, किन्तु संस्कारों को चिरस्थायी बनाने के लिए संस्कृत को स्वायत्त करना आवश्यक है"।

स्वामीजी के ये विचार अक्षरशः सत्य हैं। यह हम केरल के अर्वाचीन महापुरुष श्रीनारायण गुरु और उनके अनुयायियों के जीवन और इतिहास से महसूस करते हैं। उन्होंने स्वामीजी के इस उपदेश को कार्यान्वित किया और आज यह निम्न स्तर की कहलाने वाली जाति उच्च वर्ग में सुप्रतिष्ठित हुई है। केवल झगड़ने से कुछ नहीं बनता, सिर्फ विद्वेष ही फैलता है। इसके बजाय उच्च संस्कृति को अपनाने से स्वयं का उद्धार और समाज का कल्याण दोनों सिद्ध होते हैं।

5. स्वामी विवेकानंदजी का मूलमन्त्र, 'मनुष्य निर्माण'

स्वामीजी भारत तथा जगत के पुनरुत्थान के लिए नींव का कार्य करने वाले थे, वह उत्थान चाहे भौतिक हो या आध्यात्मिक। अतः 'मनुष्य निर्माण' उनका स्वनियोजित कार्य था। वे जानते थे कि सभी प्रकार की उन्नति या अवनति का मूल मनुष्य ही है। उन्होंने कहा है :

> "सभी प्रणालियों, गतिविधियों का, चाहे वे राजनैतिक हों या सामाजिक, मूल आधार मनुष्य ही है, उसकी अच्छाई है। संसदों में नियमों को बना लेने से ही कोई राष्ट्र महान या सुशील-सम्पन्न नहीं बन जाता, बल्कि जिसके द्वारा वह महान बनता है, वह है उसकी जनता की महानता और उसका उच्च चरित्र। महाभारत के अनुसार मनुष्य जगत के सभी ऐश्वर्यों से कहीं श्रेष्ठ है"। ('न मनुष्यात् श्रेष्ठतरं कि किंचित्')।

इसके दृष्टान्त-स्वरूप हम देखते हैं कि स्वामीजी और गाँधीजी के समय में प्रायः लोग और नेता चरित्रवान, त्यागपूर्ण और सेवा परायण थे, इस कारण

देश और जनता में जागृति आई और देश स्वाधीन हुआ, लेकिन स्वाधीनता के बाद बहुत से नेता और राजकीय सभाओं के सदस्य और अधिकारीगण क्रमशः अधिकाधिक स्वार्थी, लोभी, भ्रष्टाचारी, गद्दीपरायण, अधिकारमदग्रस्त, संकीर्ण दृष्टि संपन्न तथा विद्या-संस्कृतिहीन हो गए, जो अपने स्वार्थ को ही देश का हित और जनता का कल्याण समझ बैठे हैं। चरित्रहीन कुसंस्कृति का खुला आसुरी नृत्य राजनीति में हो रहा है, जो देश की जनता को निराश और हतोत्साह बना रहा है। सर्वत्र इसी का हाहाकार मच गया है। इन कुत्सित राजनीतिज्ञों को संयम में लाने की कोई शक्ति ही देखने में नहीं आ रही है, क्योंकि ये लोग ही विधायक, शासक और कार्यकर्ता बन बैठे हैं। सभी राजनैतिक पार्टियाँ एक ही माला के मणि हैं, यद्यपि वे एक-दूसरे पर कीचड़ फेंकने में मस्त हैं। इसका एक ही उपाय है जनता में जागृति और नैतिक तथा धार्मिक मूल्यों की, उच्च जीवन दर्शन की, पुनः प्रतिष्ठा, जिससे कि जनता अनैतिकता, भ्रष्टाचार और संकीर्णपरता के प्रति अपनी आवाज उठाए और डटकर खड़े होकर ऐसे राजनैतिकों को प्रश्रय ना दें। समाज में भी उनको कोई गौरव का स्थान नहीं मिलना चाहिए। ये लोग ही असल में 'अस्पृश्य' हैं।

अतः स्वामीजी ने मनुष्य गठन की ओर सर्वप्रथम ध्यान दिया। यदि सच्चे मनुष्य तैयार हों, तो सभी कार्य अपने आप ही सम्पन्न हो जाएँगे। "मनुष्य चाहिए मनुष्य" उन्होंने जोर देकर कहा, "बलवान, समर्थ, दक्ष, आत्मविश्वासपूर्ण तथा श्रद्धा और सरलता से युक्त युवक चाहिए। ऐसे एक सौ युवक मिल जाएँ, तो सम्पूर्ण विश्व का कायाकल्प हो जाए"। इसलिए स्वामीजी तरुण-तरुणियों के निर्माण कार्य में संलग्न हो गए। उन्होंने लोगों को उनकी शारीरिक, मानसिक तथा आध्यात्मिक न्यूनताओं को बताते हुए उनके निवारणार्थ बल, निर्भयता तथा समदर्शिता की भावनाओं से उन्हें प्रेरित किया। भगिनी निवेदिता से उन्होंने कहा :

> "मैं केवल उपनिषद्रों का प्रचार करता हूँ और उनमें से इसी एक भावना का और वह है - 'शक्ति'। वेद-वेदान्त का सार-सर्वस्व इस एक शब्द में निहित है"।

उन्होंने उपनिषद्रों के शक्तिदायी संदेश को सामने रखते हुए कहा :

> "हमें चाहिए बल, शक्ति-प्रत्येक क्षेत्र में शक्ति। और उपनिषद् साहित्य शक्ति की विशाल खान है। उनमें समस्त जगत को बलवान बनाने की क्षमता है। उनके द्वारा समग्र जगत को उज्जीवित, शक्तिशाली और समर्थ बनाया जा सकता है"। वे समस्त जाति, सम्प्रदाय तथा मतावलम्बियों के दीन, दुर्बल तथा पद दलित लोगों से अपने पैरों पर खड़े होकर स्वाधीन होने का जोरदार आह्वान करते हैं (उद्धरेत आत्मना आत्मानं न आत्मानं अवसादयेत्')। "स्वाधीनता - शारीरिक स्वाधीनता, मानसिक स्वाधीनता तथा आध्यात्मिक स्वाधीनता - यह उपनिषद्रों का मन्त्र है, उनकी अमर वाणी है। आओ, इन उपनिषद्रों की संजीवनी अमृतधारा का पान करो"।

स्वामीजी का मनुष्य-निर्माण का यह अमर सन्देश देशभर में गूँजने लगा :

> "इस समय हमारे देश को आवश्यकता है लोहे की मांसपेशियों तथा फ़ौलादी स्नायुओं की। प्रचण्ड इच्छा शक्ति की, जिसका प्रतिरोध दुनिया की कोई ताकत ना कर सके। किसी बात से डरो मत। तुम सभी अद्भुत कार्य सम्पन्न करोगे। जिस समय तुम भयभीत होते हो, उसी समय तुम नगण्य बन जाओगे। भय ही जगत में सभी अनर्थों का मूल है। भय ही सब दुखों का कारण है। निर्भयता से क्षणमात्र में स्वर्ग भी हस्तगत हो जाएगा। हमारी दुरावस्था का मूल कारण शारीरिक दुर्बलता है। सबसे पहले हमारे युवकों को बलवान होना चाहिए, धर्म उसके बाद आएगा"।
>
> "मेरे तरुण मित्रों! बलवान बनो! यह तुम्हारे लिए मेरा उपदेश है। तुम गीता पढ़ने की अपेक्षा फुटबॉल खेलकर स्वर्ग के अधिक निकट पहुँच सकते हो अर्थात तुम्हारी बाहुओं के बलिष्ठ होने पर तुम गीता का सही अर्थ समझ सकते हो। तुम्हारी धमनियों में वीरता का रक्त बहने से तुम श्रीकृष्ण की प्रतिभा और उपनिषद्रों तथा आत्मा की महिमा को भली-भाँति समझ सकोगे।"

6. ईर्ष्या, त्याग, श्रद्धा तथा आत्मनिर्भरता

स्वामीजी ने देखा कि लम्बी अवधि की पराधीनता के कारण लोग अपना आत्मविश्वास और अपने धर्म और संस्कृति में श्रद्धा खो बैठे हैं, जो सभी प्रकार की उन्नति और प्रगति के मूल में है। श्रद्धा और आत्मविश्वास के बिना देशोत्थान असम्भव है। इसके अलावा लोगों में दास सुलभ परस्पर ईर्ष्या भाव पनप रहा है। अपना ही कोई देशवासी ऊपर उठे, तो उसको नीचे गिराने का प्रयास करते हैं और कोई उसकी बात मानना नहीं चाहता। इसके विपरीत विदेशी शासकों की सभी बात विवेचना के बिना ही मान लेते हैं तथा उनके अन्धानुकरण में लग जाते हैं। स्वनिंदा और परस्तुति ही देश में सर्वत्र दिखाई देती है। इस परिस्थिति के प्रति लोगों का ध्यान खींचते हुए स्वामीजी ने आग्रह किया कि :

> "भारत में इस समय यदि कोई राष्ट्रीय पाप है, तो वह है हमारा 'दास-भाव'। हर कोई आदेश देना चाहता है और आज्ञा पालन करना कोई नहीं चाहता। इसका कारण है हमारे पुरातन ब्रह्मचर्य आश्रम का लोप (जिसमें युवा जन गुरुकुल में रहकर अहंकार ममता छोड़कर संयमी जीवन बिताते हुए, श्रद्धा-भक्ति से गुरुकुल की सेवा करते हुए ज्ञानार्जन करते हैं। इससे उनका सुचारू रूप से चरित्रगठन होता है और वे जीवन में उन्नत आदर्शों से प्रेरित होते हैं।) 'ईर्ष्या' का त्याग करो, फिर तुम अद्भुत कार्य करोगे। 'ईर्ष्या' दास-सुलभ व्याधि है। यही हमारी राष्ट्रीय व्याधि है। लोग एक दूसरे को नीचे गिराने की कोशिश करते हैं, पर एक विदेशी लात मारे, तो भी सही मान लेते हैं। याद रखो, हमारी अग्रपूजा के आराध्य हमारे देशवासी हैं। आपस में ईर्ष्या के कारण झगड़ने की अपेक्षा हमको वही पूजा सर्वप्रथम करनी चाहिए"। (शोचनीय बात है कि आजकल भी हमारे सामूहिक जीवन में, विशेषकर राजनीति के क्षेत्र में सभी दलों में यही व्याधि पनप रही है।)।
>
> "और दूसरी बात यह है कि हम आत्मविश्वास खो बैठे हैं। इसीलिए हम पराधीनता में हैं। हमें चाहिए 'श्रद्धा', हमें चाहिए आत्मविश्वास। श्रद्धा का लोप हो जाने के कारण देश

> का पतन हुआ है। हम हज़ारों विषयों पर व्याख्यान देते हैं, परन्तु करते कुछ नहीं। तोते की तरह रटना हमारा स्वभाव बन बया है। ऐसा बलहीन मन कुछ कर नहीं सकता, हमको उसे बलिष्ठ बनाना चाहिए। हमारे राष्ट्रीय जीवन में जो व्याधि पनप रही है, वह है सब धार्मिक विषयों का उपहास और निष्ठा तथा गांभीर्य का अभाव। इसे छोड़ दो, दूर कर दो। बलिष्ठ बनो और श्रद्धा को सँभालो, फिर सब कुछ ठीक हो जाएगा"।

स्वामीजी की प्रबल इच्छा यह थी कि हमारे देश के नवयुवक-युवतियाँ अपने धर्म और सांस्कृतिक आदर्शों में श्रद्धा-भक्ति से युक्त होकर आत्मविश्वास के साथ शक्तिसंपन्न बनकर विश्व भर में फैल जाएँ और आर्ष भारत के उदात्त विचारों तथा आध्यात्मिक तत्वों का प्रसार करें। इसलिए हमें अपनी संकीर्णता छोड़कर विकासशील होना चाहिए। स्वामीजी ने अपने एक भाषण में स्पष्ट किया था :

> "हे पुत्र! कोई व्यक्ति या राष्ट्र दूसरों से द्वेष करके जी नहीं सकता। भारत का पतन उसी दिन निश्चित हो गया था, जिस दिन हमने 'मलेच्छ' शब्द का आविष्कार किया और अन्य राष्ट्रों से अपना सम्पर्क तोड़ दिया। इसलिए हमें फिर विश्वभर में फैलना चाहिए। अपने हृदय और अपनी आशा-आकांक्षाओं को विश्वव्यापी बनाओ"।
>
> "हमें चाहिए ब्रह्मचर्य का परम आदर्श रखते हुए वेदान्त के साथ-साथ पाश्चात्य विज्ञान, श्रद्धा और आत्मविश्वास"।
>
> "संगठन शक्ति का हमारे रक्त में पूर्ण अभाव है। इसे अपनाना होगा। ईर्ष्या से मुक्ति ही इसकी नींव है। भारत के उज्जवल भविष्य का सम्पूर्ण रहस्य संगठन में है। शक्तियों के संचयन में, संकल्पों की एकता में तथा उनके एकीकरण में है। तुमें विदेशी सहायता पर निर्भर नहीं रहना चाहिए। आत्मनिर्भर होना चाहिए। यही सच्ची देश-भक्ति है। अनन्त शौर्य, अपार प्रेम, अटल विश्वास, अविचल श्रद्धा एवं उत्साह की हमें आवश्यकता है"।

"मेरा विश्वास है कि भारत पुनः जागृत होगा। यदि कोई व्यक्ति पूरे हृदय से इस कलहप्रिय, ईर्ष्यालु और हतभाग्य देश की जनता से प्यार करे, तो भारत पुनः जीवित हो उठेगा। भारत का उत्थान तभी होगा, जब सैकड़ों विशाल हृदय के नर-नारी जीवन के गर्त में दिनों-दिन डूबते जा रहे अपने करोड़ों देशवासियों के कल्याण के लिए अपनी पूर्ण शक्ति से कार्य करेंगे"।

7. नव-भारत के उदय की कल्पना

इस हृदयस्पर्शी सहानुभूतिपूर्ण वीरवाणी ने भारतीयों को अपनी असली परिस्थिति का बोध कराया और भारत के पुनरुत्थान के लिए उनमें एक नया उत्साह फूँक दिया। स्वामीजी की कल्पना थी कि नव-भारत का उदय हर घर से हो। उनकी कल्पना उनके हृदय से भविष्यवाणी के रूप में निकली :

"नवभारत का उदय होने दो। उसका उदय हो हल चलाने वाले किसान की कुटिया से, मछुआरे, चर्मकार और झाड़ू लगाने वाले की झोंपड़ी से। उसका उद्भव हो अनाज-विक्रेता की दुकान से। भड़भूँजे के घर से, उसका उदय हो वन-बीहड़ों, पर्वत-गिरि-कन्दराओं से। भारत के इस जन-सामान्य ने हजारों वर्षों तक दमन को सहन किया है"।

और इस कार्य की सिद्धि के लिए स्वामीजी ने भारत की तरुणाई को पुकार कर कहा :

"पवित्रता की भावना से उद्दीप्त होकर, ईश्वर में अविचल विश्वास-निष्ठा से पूर्ण शतसहस्र तरुण नर-नारी, दरिद्रों तथा पददलितों के प्रति सहानुभूति के कारण सिंह सदृश साहस से युक्त होकर भारत के एक छोर से दूसरे छोर तक विचरण करें और इन सामान्य जन की स्वाधीनता, उसके सामाजिक पुनरुत्थान, आत्मोद्धार, उसकी समता तथा शान्ति का अमर सन्देश देते रहें"।

8. हिन्दू धर्म और दर्शन की नयी व्याख्या और समन्वय

भारत के उत्थान के लिए सांस्कृतिक स्तर पर स्वामीजी का एक और महान कार्य था विशाल तथा व्यापक हिन्दू धर्म की नूतन व्याख्या। उन्होंने हिन्दू धर्म के बिखरे हुए अमूल्य जीवनदायी तत्वों को एकत्र कर उनको सुव्यवस्थित रूप से एक सूत्र में बाँधा। उन्होंने द्वैत तथा अद्वैत आदि दार्शनिक वादों का समन्वय किया और धर्म के सामान्य आधारों को जनता के सामने रखा। कर्म-भक्ति-ध्यान (राज)- ज्ञान आदि योग चतुष्टय की युक्तियुक्त मनोवैज्ञानिक व्याख्या प्रस्तुत करके वे धार्मिक-आध्यात्मिक तथा साधना के क्षेत्र में समन्वय लाए। स्वामीजी ने बताया कि इस समय देश को शंकारचार्य के अद्भुत मस्तिष्क तथा भगवान बुद्ध के उदार हृदय के सम्मिलन की नितान्त आवश्यकता है। हमारी मातृभूमि को इस समय चाहिए वेदान्त का उदात्त मस्तिष्क और इस्लामी समाज रूपी उदार शरीर। इस प्रकार स्वामी विवेकानंद ने भारत के सर्वतोमुखी विकास और उत्थान का पथ प्रशस्त किया।

V

भारतीय जीवन सागर में नयी तरंगें

एक बार 1895 में लन्दन महानगर में स्वामी विवेकानंद का बहुत ही ओजस्वी व्याख्यान हुआ। व्याख्यान के अन्त में एक विदेशी महिला ने स्वामीजी से कहा, "ठीक है, स्वामीजी, आपने बहुत अच्छा और सुन्दर भाषण दिया, लेकिन आपने नया तो कुछ बताया नहीं"। स्वामीजी ने मुस्कराकर उत्तर दिया, "बहन, मैं नया क्या बताऊँ! सत्य तो अनादिकाल से विद्यमान है। यदि उसी सत्य को मेरी प्रणाली में काल-देश के अनुकूल तरीक़े से बताने से लोगों का कुछ लाभ हो, तो क्या मैं कष्ट नहीं उठाऊँ?"। स्वामीजी ने उसी चिरन्तन सत्य और उसी आर्ष भारतीय विचारधारा को देश-काल-परिस्थिति के अनुरूप बनाकर हमारे सामने रखा है, जिसके फलस्वरूप भारतीय जीवन सागर में नयी तरंगों का उद्भव हुआ।

1. भारत की पराधीनता के दुष्परिणाम

वर्ष 1857 में भारत का अन्तिम सशस्त्र स्वतन्त्रता संग्राम हुआ, लेकिन जिन कारणों से वह विफल हुआ, वे थे-आपसी फूट, पारस्परिक ईर्ष्या और अन्तःकलह, सामाजिक अत्याचार तथा कुसंस्कार, सामान्य जनता की उपेक्षा और आदर्शहीन स्वार्थपरता। इन सभी अवगुणों को भारतीयों की चारित्रिक दुर्बलता के लक्षण कहा जा सकता है। इसका प्रधान कारण है लम्बी राजकीय पराधीनता के फलस्वरूप भारतीय लोगों की अपनी उदात्त संस्कृति से विच्युति और विच्छिन्नता। ऊँचा चरित्र ही किसी व्यक्ति या राष्ट्र की परमशक्ति है। इस स्वातन्त्र्य संग्राम में विफलता के कारण भारत एकदम निराश होकर अँग्रेज़ी पार्थिव शक्ति के सामने झुक गया तथा आत्मविश्वास खोकर

तन-मन से अपनी दासत्व की कड़ियों का आलिंगन कर अँग्रेज़ी शासकों से सहयोग करने में लग गया। इसके साथ ही पश्चिमी संस्कृति का विवेचनाहीन अन्धानुकरण भी प्रारम्भ हो गया। सभी विषयों में विचार-विमर्श के बिना ही पश्चिमी आचार-विचार-व्यवहारों का समर्थन तथा भारतीयों की अवहेलना करने में अँग्रेज़ी शिक्षा-दीक्षा में प्रवीण भारतीय उद्यत हो गए। यह रवैया लगभग पचास वर्षों तक प्रबल रूप से भारत में जारी रहा और आज भी इसका परिचय काफी मात्रा में मिलता है। अँग्रेज़ों का प्रभाव भारत पर इतना गहरा पड़ा कि भारत ना केवल 'स्व' को ही भूल गया, बल्कि अँग्रेज़ों की दासता से स्वाधीन होने की प्रबल कल्पना तक ने उनके मन में स्पष्ट रूप नहीं लिया। इस परिस्थिति को देखते हुए हृदय से उनके 'वर्तमान भारत' लेख के अन्त में भारत के प्रति स्वामीजी की यह पुकार निकली :

> "हे भारत! क्या दूसरों की ही हाँ में हाँ मिलाकर, दूसरों की ही विचारहीन नकल कर, परमुखापेक्षी होकर, इन दासों की सी दुर्बलता, इस घृणित, जघन्य निष्ठुरता से ही तुम बड़े-बड़े अधिकार प्राप्त करोगे? उन्नति के शिखर पर पहुँचोगे? क्या इसी लज्जास्पद कापुरुषता से तुम वीरभोग्या स्वाधीनता प्राप्त करोगे"।
>
> "हे भारत! तुम मत भूलना कि तुम्हारी स्त्रियों का आदर्श सीता, सावित्री, दयमन्ती है, मत भूलना कि तुम्हारे उपास्य सर्वत्यागी उमानाथ शंकर हैं। मत भूलना कि तुम्हारा विवाह, तुम्हारी संपत्ति और तुम्हारा जीवन इन्द्रिय सुख के लिए अथवा अपने व्यक्तिगत सुख के लिए नहीं है। मत भूलना कि तुम जन्म से ही जगन्माता के लिए बलिस्वरूप रखे गए हो। मत भूलना कि तुम्हारा समाज उस विराट महामाया की छाया मात्र है"।
>
> "तुम मत भूलना कि नीच, अज्ञानी, दरिद्र, चर्मकार और झाडू लगाने वाला तुम्हारा रक्त और तुम्हारे भाई हैं। हे वीर! साहस का आश्रय लो। गर्व से बोलो कि मैं भारतवासी हूँ और प्रत्येक भारतवासी मेरा भाई है। बोलो कि अज्ञानी भारतवासी, दरिद्र भारतवासी, ब्राह्मण भारतवासी, चाण्डाल भारतवासी, सब मेरे भाई हैं"।

> "तुम भी कटिमात्र वस्त्रावत होकर गर्व से पुकार कर कहो कि हर भारतवासी मेरा भाई है। भारतवासी मेरे प्राण हैं। भारत की देव-देवियाँ मेरे ईश्वर हैं। भारत का समाज मेरी शिशु-सज्जा, पालना, मेरे यौवन का उपवन और मेरे वधिक्य की वाराणसी है। भाई बोलो कि भारत की मिट्टी मेरा स्वर्ग है, भारत के कल्याण में मेरा कल्याण है। और रात-दिन कहते रहो कि – 'हे गौरीनाथ! हे जगदम्बे! मुझे मनुष्यत्व दो, माँ, मेरी दुर्बलता और कापुरुषता दूर कर दो, मुझे मनुष्य बनाओ"।

जनता पर स्वामीजी के प्रभावशाली विचारों का गहरा असर पड़ने लगा।

2. भारत के उत्थान के लिए स्वामीजी की नयी प्रणाली–शक्तियोग

वर्ष 1885 में कॉंग्रेस की स्थापना हुई थी, परन्तु बहुत दिनों तक वह केवल कुछ राजकीय सुधारों और अधिकारों के लिए याचना-पत्र प्रस्तुत करने वाली समिति ही बनी रही थी तथा स्वतन्त्रता की कल्पना उसमें या देश में नहीं थी। इसका कारण था नैतिक साहस का अभाव तथा भारत के स्वर्णिम प्राचीन इतिहास और उसकी अन्तर्निहित अजेय आध्यात्मिक-शक्ति की विस्मृति। जब स्वामीजी 1897 में अपनी पश्चिमी विजय यात्रा से भारत लौट आए, तब संत देशभक्त श्री अश्विनी कुमार दत्त उनसे मिले। बातचीत के प्रसंग में तत्कालीन कॉंग्रेस के बारे में उनकी राय पूछने पर स्वामीजी ने कहा :

> "मुझे कॉंग्रेस की कार्यप्रणाली में विश्वास नहीं। हाँ, सर्वथा निष्क्रिय रहने की अपेक्षा कुछ करना ठीक है। सोए हुए देश को उठाने के लिए सभी ओर से धक्का देना आवश्यक है। मुझे यह बताओ कि कॉंग्रेस जन-सामान्य के लिए क्या कर रही है? क्या तुम सोचते हो कि कुछ प्रस्ताव पारित कर देने से स्वतन्त्रता प्राप्त हो जाएगी? मुझे इसमें विश्वास नहीं। जन-सामान्य को पहले जगाना चाहिए। वे जब जागकर अपने पैरों पर खड़े हो जाएँगे, तो वे स्वयं ही अपना उद्धार कर लेंगे। यदि कॉंग्रेस उनके लिए कुछ करे, तो उससे मेरी सहानुभूति है। इसके साथ ही हमें अँग्रेज़ों के सद्गुणों को अपनाना होगा"।

भारत के उद्धार के लिए स्वामीजी की कार्यप्रणाली नेताओं से भिन्न प्रकार की थी। उन्होंने भारतीय संस्कृति को अपना आधार बनाते हुए भारत की मुक्ति के लिए एक नूतन योग का साधन देश के सामने रखा - वह था 'शक्तियोग'। "फिर आपकी दृष्टि में भारत का उद्धार किस प्रकार से होगा?" अश्विनी कुमारजी के दूसरे प्रश्न के उत्तर में स्वामीजी ने प्रकाश डाला :

> "धर्म हमारी अन्तरात्मा है और सभी सुधार धर्म से ही होना चाहिए, यदि जन-सामान्य उन्हें अपनाकर उत्साहपूर्ण होता हो। इसके विपरीत मार्ग का अवलंबन करने का अर्थ होगा गंगाजी को हिमालय से हटाकर पुनः किसी दूसरे स्रोत से प्रवाहित कराना। मैं वेदान्त का प्रचार इसलिए करता हूँ कि वह सर्वग्राही और समन्वयशील धर्म है, परन्तु मेरे धर्म का सार-सर्वस्व है 'शक्ति'। जो धर्म हृदय में शक्ति संचार नहीं करता, वह धर्म मेरे लिए धर्म नहीं है, चाहे वह उपनिषद्रों का हो, गीता का हो या भागवत का। 'शक्ति' ही धर्म है और 'शक्ति' से बढ़कर धर्म नहीं है"।
>
> "इस पर ध्यान देना चाहिए कि जन-सामान्य में मनुष्य - निर्माणकारी शिक्षा का प्रचार हो और तदुपरान्त चरित्रगठन। विद्यार्थियों का चरित्र वज्र के समान बलिष्ठ होना चाहिए"।
>
> "और अछूत, चर्मकार, झाड़ू लगाने वाले तथा अन्य लोगों के पास जाओ और उनसे कहो-"तुम राष्ट्र के प्राण हो, तुममें अनन्त शक्ति निहित है, जिसके द्वारा जगत में एक महान परिवर्तन आ सकता है। उठकर खड़े हो जाओ और अपने बन्धनों को उखाड़ फेंको। सारा जगत तुम्हें देखकर आश्चर्यचकित हो जाएगा"। जाओ उनके बीच जाओ, उनको जगा दो और उनको उच्च वर्णों के समान बनाओ। उनको उपवीत (जनेऊ) पहना दो"।

3. देश में नवीन दृष्टि का उदय

स्वामी विवेकानंद के इन उदार स्फूर्तिदायक विचारों तथा महान कार्यों से देश को एक नवीन दृष्टि प्राप्त हुई। इसका परिणाम हम आगे चलकर देश

के नेता और मनीषियों की चिन्ताधारा और कार्यसारिणी में देख पाते हैं - विशेषकर श्रीअरविन्द घोष, बालगंगाधर तिलक, गाँधीजी, सुभाषचन्द्र बोस, सुब्रह्मण्य भारती, रवीन्द्रनाथ ठाकुर आदि अनेक महापुरुषों में। इससे लोगों को भारतीय संस्कृति के असली और विशाल स्वरूप, उसकी स्वभाव सिद्ध दिशा और उसकी आध्यात्मिक शक्ति का परिचय मिला। लोगों के मन में यह विश्वास जगा कि भारत का जगत में अपना एक विशेष स्थान है और विश्व के लिए भारत की कुछ अमूल्य देन है - आध्यात्मिक ज्योति, जो केवल भारत ही दे सकता है, जब वह जागृत हो उठेगा। "इस आध्यात्मिक ज्योति के लिए जगत तरस रहा है," स्वामीजी ने बताया, "और विश्व की आँखें भारत पर टिकी हैं"। भारत अभी तक इसी इतिहास-सिद्ध दैव-नियत कार्य की पूर्ति के लिए ही जीवित है और हमेशा जीवित रहेगा। यदि भारत निष्प्राण हो जाए, तो उसका क्या भयंकर परिणाम होगा, इसका भीषण शब्दचित्र स्वामीजी ने खींचा है :

> "क्या भारत मृत हो जाएगा? तब तो संसार से सारी आध्यात्मिकता लुप्त हो जाएगी, सारी नैतिकता तथा सदाचारपूर्ण उत्तम आदर्श जीवन का विनाश हो जाएगा, धर्म के प्रति मधुरता और सहानुभूति नष्ट हो जाएगी, उच्च धार्मिक आदर्शों की कल्पना तक नष्ट हो जाएगी और उसके स्थान पर कामरूपी देव और विलासिता रूपी देवी राज्य करेगी। धन उनका पुरोहित होगा। प्रतारणा, पाशविक बल तथा प्रतिद्वन्द्विता ही उनकी पूजा प्रक्रिया होगी। और मानवात्मा उसकी बलि सामग्री हो जाएगी। ऐसी दुर्घटना कभी नहीं हो सकती। क्रियाशक्ति से तितिक्षाशक्ति अनन्त गुना बढ़कर है। प्रेम का बल घृणा के बल की अपेक्षा अपनी अन्तर्निहित शक्ति में अनन्त गुना अधिक है। जो समझते हैं कि हिन्दू धर्म का वर्तमान पुनरुत्थान केवल देशभक्ति की प्रवृत्ति की अभिव्यक्ति मात्र है, वे भ्रम में हैं"।

जब सभी अन्य धर्म, जो वैदिक विचारधारा और आध्यात्मिकता के अन्तर्गत नहीं हैं, ऐतिहासिक शक्तियाँ तथा आधुनिक जड़वादी वैज्ञानिक आघातों को सहने में असमर्थ सिद्ध होते हुए आन्तरिक तनाव के कारण भग्न होते जा रहे हैं, तब केवल भारतीय धर्म और संस्कृति अनेक भयावह आसुरी

घात-प्रतिघातों को सहकर अपने सनातन स्वरूप में टिकी है तथा अबाध रूप से चली आ रही है। ग्रीक, रोम, ईजिप्ट (मिस्र) जैसी महान भौतिक संस्कृतियाँ धूलिसात हो गई, लेकिन भारत की दिव्य आत्मा पुनः पुनः नव-कलेवर को पहनती हुई चिर-यौवन सम्पन्ना होती जा रही है। यह क्या उसकी विस्मयकारक आन्तरिक शक्ति का द्योतक नहीं है? उसके कालातीत महिमामय अमरत्व का चिह्न नहीं है?

स्वामीजी की दृष्टि में भारतीय संस्कृति का विश्व के जीवन में ऐतिहासिक योगदान है – "विभिन्न धर्म, संस्कृति, एवं जातियों का संयोग और समन्वय तथा अनेकता में एकता की स्थापना"। भारत विश्व की एक संक्षिप्त प्रतिमूर्ति है। और भारत की आत्मा विश्व की आत्मा है। भारत का जीवन इसी कार्य की पूर्ति के लिए है। भारतीय राजनैतिक स्वाधीनता भी इस महान कार्य की सिद्धि के लिए ही एक सहायक सोपान मात्र है। इसीलिए जानकर हो या अनजाने में हो, विश्व के सभी देश, धर्म, और संस्कृतियाँ भारत की ओर स्वाभाविक ही आकर्षित हो रही हैं, जैसे महाचुम्बक की ओर लोहे से निर्मित वस्तुएँ। महर्षि अरविन्द, महात्मा गाँधी और कवि सम्राट रवीन्द्रनाथ ठाकुर ने भी इसी विचारधारा से प्रभावित होकर उसकी पुष्टि की है। इस विचारधारा के प्रभाव से भारत को अपनी अद्भुत शक्ति की अनुभूति हुई और महात्मा गाँधी के नेतृत्व में स्वतन्त्रता संग्राम ने एक नवीन आध्यात्मिक स्तर पर इस उदात्त उद्देश्य की प्राप्ति की दिशा में मोड़ लिया।

स्वामीजी ने राजनैतिक ढंग से कार्य करने को उतना महत्त्व नहीं दिया, जितना कि 'मनुष्य-निर्माण' के कार्य को, क्योंकि यह कार्य व्यापक है और इसका अन्वय विश्व के सभी मानवों के प्रति होता है। इसके अलावा स्वामीजी की सुदृढ़ मान्यता थी कि यदि हम किसी वस्तु को प्राप्त करने की योग्यता का अर्जन कर लें, तो कोई भी हमें उसे प्राप्त करने से रोक नहीं सकता। यदि किसी व्यक्ति या राष्ट्र को मूलतः शक्तिशाली बनाएँ, तो उस शक्ति का प्रभाव जीवन के अन्य सभी क्षेत्रों में स्वतः ही कार्यकारी होगा। यदि हम सभी प्रकार से अपने व्यक्तित्व का गठन करें, उसे उन्नत व बलशाली बनाएँ, और हमारी राजनैतिक दासता तथा आर्थिक दुरावस्था से मुक्ति का प्रयास करें, तो वह सच्ची स्वाधीनता नहीं होगी। स्वाधीनता का अर्थ हर व्यक्ति में, जनगण में नहीं जागे, तो कोरी राजनैतिक स्वतन्त्रता सार्थक नहीं होगी। जो गद्दी पर आते हैं, वे ही उठने नहीं देंगे। जनगण में नाना प्रकार के आपसी

संघर्ष उत्पन्न करेंगे-जाति, भाषा, प्रांत, प्रदेश इत्यादि संकीर्ण विषयों को लोगों के सामने बढ़ा-चढ़ाकर प्रस्तुत करते हुए उनमें बुद्धिभ्रम पैदा करके उद्वेग की सृष्टि करेंगे और स्वयं नेता बनकर गद्दी की तरफ़ आगे बढ़ेंगे। यही प्रक्रिया बहुत से नेताओं और दलों में दिखाई देती है। उनमें ना अच्छी विद्या होती है, ना बुद्धि, ना साहित्य, ना संस्कृति, ना देश के प्रति प्रेम, ना जनता के प्रति, ना उदारता, ना दूरदर्शिता, ना त्याग, ना संयम। किसी भी प्रकार से स्वार्थ साधना ही उनके जीवन का मानो परम लक्ष्य है। ऊँचा चरित्र ही सभी लौकिक और आध्यात्मिक उन्नति के मूल में है।

इसलिए हमारा राष्ट्र-निर्माण का कार्य 'मनुष्य-निर्माण' कार्य है, अर्थात सच्चरित्र, साहसी, बलवान, त्यागी, सेवापरायण व्यक्तियों की नींव प्रतिष्ठित होनी चाहिए। स्वामीजी की इस विचारधारा को गाँधीजी ने अपनाया था और उसका प्रयोग उनकी जन-सामान्य पर आधारित रचनात्मक कार्यप्रणाली में दिखाई देता है। स्वामीजी की भविष्यवाणी थी :

> "भारत का उत्थान होगा-शारीरिक बल से नहीं, आत्मबल से, विनाश की पताका फहराते हुए नहीं, शान्ति तथा प्रेम के ध्वज के आश्रय में"। यह गांधीजी के समग्र कार्यों की पृष्ठभूमि बना और उन्होंने 'सत्याग्रह' रूपी महास्त्र का आविष्कार किया, जो सत्य और अहिंसा यानी प्रेम और द्वेष-वर्जना पर आधारित है। स्वामीजी ने जिन सब रचनात्मक कार्यों को देश के सामने रखा था, यथा-सामान्य जनता का उद्धार, उनकी धार्मिक, शैक्षणिक, तथा आर्थिक उन्नति, नारियों का उत्थान, अस्पृश्यता निवारण, सर्वधर्म-समन्वय इत्यादि को गांधीजी ने अपनाया और बड़े पैमाने पर देशभर में आमरणान्त दीर्घकाल तक कार्यान्वित करने का सतत प्रयास किया। यह निश्चित है कि इस रचनात्मक प्रणाली से राष्ट्र निर्माण ना करने से, हमारे सभी प्रयास विफल ही रहेंगे। आजकल हमारे नेतागण, किसी भी दल या पार्टी के क्यों ना हों, केवल भाषण देने, उपदेश करने और कानून पारित करने, इसी में लगे रहते हैं। गांधीजी के समान त्याग-सेवामय आदर्श जीवन नहीं बिताते। उनकी कथनी और करनी में किसी प्रकार का साम्य या सम्बन्ध नहीं है। गद्दी या प्रतिष्ठायुक्त स्थान से

हटा देने से फिर दूसरा ही गीत गाने लगते हैं, जिससे उनकी स्वार्थसिद्धि हो। इसलिए उनके सभी कार्य निष्फल और देश के लिए हानिकारक बनते हैं। वे लोगों में कोई उत्साह नहीं भर सकते। अन्य स्वार्थी लोग उन्हें घेरे रहते हैं। स्वामीजी ने जोर देकर कहा था कि :

"पश्चिमी देशों ने राष्ट्रीय-जीवन के जिन भव्य प्रसादों को खड़ा किया है, वे चरित्र के सुदृढ़ आधार पर आश्रित हैं। और हम भी ऐसे चरित्रवान लोगों को जब तक बहुत बड़ी संख्या में उत्पन्न नहीं कर लेते, तब तक इस या उस राजकीय आधिपत्य के विरुद्ध मनः संताप दिखाते हुए विक्षुब्ध होना व्यर्थ है"।

खेद की बात है कि 'धर्म-निरपेक्षता' के विकृतार्थ के वशीभूत हो कर देशभर में स्वार्थपरता, अनैतिकता और परस्पर विद्वेष का प्रसार हो रहा है। महर्षि व्यास ने पुकारकर कहा था, "धर्म की रक्षा करने से धर्म समाज की रक्षा करेगा। धर्म से अर्थ और काम अर्थात प्रापंचिक अभ्युदय भी सिद्ध होता है। धर्म से मानव पशुवृत्ति को छोड़कर सच्चा मनुष्य बनता है"। हाँ, धर्म का अर्थ भारतीय परम्परा के अनुसार करना चाहिए, ना कि पश्चिम के संकीर्ण 'रिलीजन' (Religion) के अर्थ में। धर्म का निचोड़ है नैतिकता और सच्चरित्रता। 'धर्म' का विकृतार्थ करके हमारे देश में बच्चों को नैतिक शिक्षा से वंचित करके सर्वत्र अनैतिकता का बोलबाला हो रहा है। मनुष्य पशुतुल्य बन रहे हैं। यही है हमारे शासकों की अभिनव बुद्धिमत्ता!

4. आध्यात्मिक शक्तियों का एकीकरण और सामाजिक दुर्बलता को दूर हटाना

स्वामी विवेकानंद का दृढ़ विश्वास था कि देश को सबल और प्रगतिशील बनाने के लिए भारत की छिन्न-भिन्न तथा बिखरी आध्यात्मिक शक्तियों का एकीकरण होना चाहिए। यह तभी सम्भव है, जब इन सबको एक व्यापक अपौरुषेय दार्शनिक ढाँचे में ढाला जाए। ऐसा एक युक्तिसंगत, शाश्वत नैसर्गिक आध्यात्मिक तत्त्वों पर प्रतिष्ठित सार्वभौमिक दर्शन था वेदान्त। वेदान्त उसके द्वैत, विशिष्टाद्वैत और अद्वैत रूपी तीन श्रेणियों द्वारा समस्त हिन्दू मत-मतांतरों का ही नहीं, अपितु विश्व के सभी धर्मों की पृष्ठभूमि बन

सकता है और सभी धर्मों का समन्वय करके उन्हें एक सूत्र में बाँध सकता है। वेदान्त पर प्रतिष्ठित बहुमुखी और बहुशाखान्वित हिन्दू धर्म का इतिहास इसका साक्षी है कि अनादिकाल से उसने भिन्न-भिन्न धर्मों को अपनी गोद में समेटकर सभी के गुणों को आत्मसात किया था और किसी से उसका संघर्ष नहीं रहा, परन्तु कुछ शताब्दियों से भारत के राजकीय दासत्व के कारण उसकी यह क्षमता अवरुद्ध हो गई और उसकी आध्यात्मिक दृष्टि संकुचित हो गई। हिन्दू समाज में भी संकीर्णता छा गई और नाना प्रकार के दोष आ गए और विच्छिन्नता की सृष्टि हुई। स्वामीजी ने देखा कि इस परिस्थिति का एकमात्र समाधान था शुद्ध वेदान्त का प्रचार। वेदान्त के तत्वों की नींव की नवीन कालोचित व्याख्या करके उसके ऊपर व्यापक, विशाल, उदार और सर्वग्राही हिन्दू धर्म की पुनः प्रतिष्ठा करना। यदि प्रथमतः हिन्दू धर्म की शाखा-उपशाखाओं को इस प्रकार एकत्र करके एकसूत्र में बाँधा जाए, तो उसी के दृष्टान्त के आधार पर अन्य धर्मों का समावेश और समन्वय भी कालक्रम में सहज ही हो जाएगा, क्योंकि वेदान्त का चरम सत्य है 'एकंसत्, विप्राः बहुधा वदन्ति' - अर्थात एक ही सत्य को भिन्न-भिन्न धर्मवेत्ता नाना प्रकार से, नाना नाम-रूपों से लोगों के सामने प्रस्तुत करते हैं, देश, काल, परिस्थिति के अनुसार भगिनी निवेदिता लिखती हैं :

> "भारत के बारे में स्वामीजी का सर्वदा उद्देश्य था 'हिन्दू धर्म को गतिशील, सर्वग्राही बनाना'। इस सनातन धर्म को पुनः सक्रिय तथा धर्म प्रचारक होना चाहिए और विशिष्ट धर्म प्रचारकों को उच्च वैदान्तिक तत्वों के वितरण के लिए विदेशों में भेजने का साहस, दूसरों को अपने उदार-व्यापक धर्म में समाविष्ट करने का सामर्थ्य, धर्म से च्युत लोगों को पुनः अपनी गोद में लेने की उदारता तथा अन्यों से नए भावों की विवेचनापूर्वक स्वांगीकरण करने की प्रवृत्ति उसमें उत्पन्न होनी चाहिए। उनके सभी कार्यों का लक्ष्य उन्हीं के शब्दों में 'हिन्दू धर्म के सामान्य आधारों को खोज निकालना था"।

धार्मिक ऐक्य की आवश्यकता बताते हुए स्वामीजी ने अपने 'भारत का भविष्य' नामक व्याख्यान में (मद्रास, फ़रवरी 1897) कहा :

> "हमारी एकमात्र सम्मिलन भूमि हमारा धर्म है। वही एकमात्र आधार है और उसी आधार पर हमें राष्ट्र संघटन करना चाहिए। यूरोप में राजनैतिक विचार ही 'राष्ट्रीय एकता का आधार है', किन्तु एशिया में राष्ट्रीय एकता का आधार धार्मिक आदर्श है। अतः भविष्य में भारत के संगठन का पहला आवश्यक नियम है उसकी धार्मिक एकता। देशभर में एक ही धर्म सबको स्वीकार करना होगा। 'एक ही धर्म' से मेरा क्या तात्पर्य है? 'एक ही धर्म' से मेरा तात्पर्य इस प्रकार का नहीं जैसा कि ईसाइयों में, मुसलमानों में, या बौद्धों में प्रचलित है। हम जानते हैं कि अपने धर्म के कुछ सर्वमान्य आधार हैं। वे सभी मत-संप्रदायों को मान्य हैं, चाहे उनके सिद्धान्त और दावे आपस में कितनी ही विचित्रता क्यों ना रखते हो। और इन सामान्य तत्वों की मर्यादा में यह हमारा धर्म एक अद्भुत विचित्रता का आश्रय है। स्वाधीन विचार तथा स्वच्छन्द जीवन के लिए उसमें असीम अवकाश है"।

अर्थात इन सामान्य तत्वों के अन्तर्गत, विशेषकर 'इष्ट-निष्ठा' तत्व के आधार पर जगत के सभी धर्मों का इसमें समावेश हो सकता है, यदि वे अपनी संकीर्णता तथा हिंसात्मक और आक्रामक स्वभाव को छोड़कर अपना-अपना धर्मानुष्ठान ईश्वर साक्षात्कार के लिए करें। स्वामीजी ने सर्वत्र 'अनेकता में एकता' का ही प्रतिपादन किया। वे चाहते थे कि एक धर्म से अन्य धर्म में परिवर्तन के बजाय सभी धर्म एक-दूसरे से अच्छे विषयों तथा गुणों को ग्रहण करें।

स्वामीजी सर्वधर्म समभाव को मानते थे तथा सभी धर्मों की उन्नति उनके सामने सदा रही। वे चाहते थे कि सभी धर्म प्रवर्धमान हों और उत्तम बनें, फिर भी वे हिन्दू धर्म की शुद्धि तथा उसे व्यापक और गतिशील बनाने के लिए विशेष रूप से प्रयत्नशील थे। इसमें उनकी कोई संकुचित भावना नहीं थी। उनके कई कारण थे। सबसे पहले हिन्दू होने के नाते अन्य धर्मों में हस्तक्षेप करना उनके लिए व्यावहारिक दृष्टि से उचित नहीं था। इसमें भ्रम उत्पन्न होकर ऐसे प्रयत्नों का विपरीत फल ही हो जाता। इसके अलावा दूसरे धर्मों को समावेश करने के पहले, छिन्न-भिन्न हिन्दू धर्म को प्रथमतः एकत्र करना आवश्यक था और यह कार्य स्वयं ही बहुत बड़ा और विकट था।

दूसरी बात यह थी कि हिन्दू धर्म से उनका तात्पर्य केवल द्वैत, विशिष्टाद्वैत व अद्वैत रूपी त्रिपादात्मक वेदान्त के दार्शनिक तथा आध्यात्मिक पक्ष से ही था, ना कि बाहरी आचार-व्यवहार से, ना अन्य धर्मों के विरोध में। यह शिकागो विश्वधर्म सम्मेलन में दिए उनके भाषणों से, विशेषकर 'हिन्दू धर्म' के शीर्षक से दिए उनके व्याख्यान से सुस्पष्ट होता है। इसके अतिरिक्त बाद में भी उनके भाषण वेदान्त के आधार पर ही होते थे। वेदान्त के उदात्त, समतापूर्ण और समन्वयात्मक तत्वों को किस प्रकार से मनुष्य के व्यक्तिगत तथा सामाजिक जीवन में उतारना, जिससे कि मनुष्य अपने अन्तर्निहित देवत्व को अभिव्यक्त कर सके, जो वेदान्त का परम लक्ष्य है-यही उनका मुख्य उद्देश्य था।

प्राचीनकाल से भारत में निर्विरोध अनेक धर्म तथा मत चलते आ रहे हैं - इस वेदान्तिक पृष्ठभूमि के कारण ही बाद में भारत में अन्य धर्मों के अनुयायियों से अर्थात इस्लाम या क्रिस्तान धर्मावलम्बियों से (अँग्रेज़ों से), जो संघर्ष हुए अन्ततः हिन्दुओं की ओर से, वे सभी राजनैतिक स्तर पर ही थे, यद्यपि मुसलमान इन्हें इस्लामी-धर्म का युद्ध कहते हैं। हिन्दू धर्म में उसकी उदारता के कारण सार्वजनीन विश्वधर्म होने के सभी लक्षण विद्यमान हैं। उसमें सभी मतों को स्थान है। उसकी कोई निर्दिष्ट सीमित रूपरेखा नहीं है। 'अनेकता में एकता' उसका आदर्श है और वह सभी मतों की उन्नति व भलाई चाहता है, ना कि क़िसी का विनाश। वह असल में सभी धर्मों का सामूहिक रूप है। वह दर्शाता है कि सभी धर्म भिन्न-भिन्न नदियों के समान ईश्वर रूपी सागर के प्रति ही जा रहे हैं। यदि भारत में यह उदार-विशाल सर्वात्मक हिन्दू धर्म विश्वधर्म के रूप में प्रकट हो जाए, तो अन्य सभी धर्म स्वतः ही उसकी ओर आकर्षित हो जाएँगे। हिन्दू धर्म की छत्र-छाया में उनके व्यक्तित्व के नष्ट होने की कोई आशंका नहीं है, अपितु हिन्दू धर्म उनके वैशिष्ट्य को स्वयं में आत्मसात करेगा। इसका इतिहास साक्षी है।

तीसरा कारण, जब तक पुनः स्वयं हिन्दू धर्म में दूसरों को समाविष्ट करने की शक्ति उत्पन्न नहीं होती, तब तक ऊपरी तौर पर धार्मिक ऐक्य का फल निष्फल ही नहीं, अपितु उसका विरुद्ध परिणाम भी हो सकता है। जब अपने में ऐसी शक्ति उत्पन्न होगी, तो अन्यों का आह्वान करने की आवश्यकता ही नहीं होगी। इसका दृष्टान्त हमें भारत के इतिहास में ही प्राप्त है - जो विदेशी तब भारत में आए, जब हिन्दू धर्म और समाज बलशाली

और सर्वग्राही था, तो वे सब अपने आप स्वयं हिन्दू धर्म में समाविष्ट हो गए -शक, यवन, हूण इत्यादि। बौद्ध मत का हिन्दू धर्म में पुनः समावेश भी एक अनोखा दृष्टान्त है। इसके विपरीत, जब तक हिन्दू धर्म और समाज स्वयं गतिशील और शक्तिमान नहीं बनेंगे, उस पर विधर्मियों का आघात और उसकी प्रतिक्रिया रूपी संघर्ष भी जारी रहेगा एवं सर्वधर्म समन्वय और समभाव के लिए अवकाश ही नहीं रहेगा, क्योंकि यह दृष्टिकोण हिन्दू धर्म में ही है और धर्म 'एकमेव' वादी है। वह 'एकमेव' स्वधर्म को ही मानते हैं, जिसमें अन्यों को कोई पृथक स्थान नहीं है। इसका भयंकर ऐतिहासिक परिणाम आज भी सर्वत्र देखने में आता है, लेकिन खेद की बात है कि भारत की आजकल की परिस्थिति में हिन्दू धर्म, संस्कृति, संस्कृत भाषा इत्यादि, जो समस्त भारत की एकता और संहति के मुख्य आधार हैं, उनको ही स्थान नहीं, क्योंकि हमारे प्रायः सभी नेता अपनी संस्कृति और विचारधारा तथा आदर्शों से अनभिज्ञ और विच्छिन्न हैं एवं सभी विषयों में प्रेरणा के लिए पश्चिम की ओर ताकते रहते हैं। यद्यपि वे वैज्ञानिक दृष्टिकोण अपनाने की दुहाई देते हैं, फिर भी उपस्थित प्राचीन संस्कृति की धारा को भूलकर आम के पेड़ को जामुन के पेड़ में परिणत करने, त्याग-सेवा पर प्रतिष्ठित समाज को भोग-विलास पर प्रतिष्ठित करने की कोशिश करते हैं। 'इतो भ्रष्टः ततो नष्टः' यही इसका परिणाम निकला है। हमारे देश की 'धर्म-निरपेक्षता' (Secularism) सर्वधर्म-समन्वय पर आधारित नहीं है, बल्कि राजनीति वोटों पर, वोटों की प्राप्ति पर। इसमें धर्म को कोई स्थान ही नहीं। 'निष्पक्ष-धर्मराज्य' होने के बदले में वह 'धर्म-विहीन' राज्य बन गया है।

5. उदात्त चरित्रगठन ही धर्म आध्यात्मिकता का लक्षण

स्वामी विवेकानंद के विचारों से एक और सारगर्भित और सुदीर्घ परिणामकारी विचारधारा निकली। स्वामीजी ने बताया कि सच्चरित्र धर्म और आध्यात्मिकता का प्रमुख लक्षण है। 'आध्यात्मिकता ना तो श्वास-प्रश्वास नियन्त्रण में है, ना भावोद्रेक में, और ना रहस्यवाद में। पवित्र जीवन, समदर्शन, जीवसेवा, निःस्वार्थता तथा निर्भयता ही आध्यात्मिकता के लक्षण हैं। भावोद्रेक, धार्मिक-वेशधारण, नाना प्रकार के कर्मकाण्ड आदि सुलभ हैं, लेकिन चरित्रगठन कठिन है और परिश्रम साध्य है। दृढ़ता के साथ चरित्रगठन तथा सत्य के साक्षात्कार के लिए डटकर प्रयत्न-इस पर ही मानव जाति का

भविष्य निर्भर है। आध्यात्मिकता मनुष्य को गुप्त अभ्यासों से नहीं, बल्कि चरित्र से प्राप्त होती है'।

स्वामीजी ने जोर देकर कहा कि 'कोई महत् कार्य चालाकों से नहीं होता', लेकिन आजकल के राजनेता अधिकतर अपनी स्वार्थ सिद्धि के लिए नाना प्रकार की चालाकी, मिथ्या और प्रवंचना का ही अवलंबन करते हैं। हाँ, भारत को 'धर्म-निरपेक्ष राज्य' घोषित किया गया है - फिर किसे किसकी रोक है, सभी को खुलेआम छूट है।

सत्य पर आधारित जीवन के तत्व अपने अस्तित्व जैसे ही सुस्पष्ट हैं। सत्य की जाँच किसमें है? स्वामीजी ने बताया :

> "जो कोई विचार या वस्तु तुम्हारे भीतर शारीरिक, मानसिक या आध्यात्मिक दुर्बलता लाए, उसे जहर के समान त्याग दो, उसमें जीवनीशक्ति नहीं है, वह सत्य नहीं हो सकता। सत्य बलप्रद है, सत्य पवित्रता है, सत्य ज्ञानमय है। सत्य को अवश्य ही बलप्रद होना चाहिए, अवश्य ही ज्ञानदायी होना चाहिए। अवश्य ही तेजवर्द्धक होना चाहिए"।

और एक महत्त्वपूर्ण विचार स्वामीजी ने देश के सामने रखते हुए बताया कि यथार्थ आध्यात्मिकता के स्वरूप को ना जानने के कारण देश में सर्वत्र तमोगुण (निष्क्रियता, अकर्मण्यता) छाया हुआ है। लोग भ्रम में तामसिकता को ही सात्विकता का लक्षण समझ बैठे हैं। अपने आलस्य और दरिद्रता को आध्यात्मिकता और त्याग मान बैठे हैं, लेकिन मनुष्य में सत्व का उदय तभी होता है, जबकि उसमें तमोगुण पूर्णरूप से हटकर रजोगुण प्रवर्धित होता है और उसे सत्य की ओर मोड़ दिया जाता है नैतिकता और धार्मिकता के द्वारा। इसलिए भारत को सत्व के मार्ग पर जाने के लिए प्रबल रजोगुण प्रथमतः आवश्यक है। स्वामीजी ने कहा, "देश को अब चाहिए क्षात्रवीर्य और ब्रह्मतेज। अब 'चरैवेति, चरैवेति' उसका लक्ष्य होना चाहिए"। इसलिए स्वामीजी ने 'कर्मयोग' को प्रधान रूप से देश के सामने रखा।

6. कर्मयोग का नया स्वरूप

स्वामीजी ने 'कर्मयोग' देश के सामने रखा और प्रचार किया, उसमें एक

नवीनता भरी थी। वे कर्मयोग को वैयक्तिक स्तर से उठाकर सामाजिक स्तर पर लाए और 'जीव सेवा ही ईश सेवा' का मन्त्र देकर देश को 'दरिद्र-नारायण' की सेवा का कार्य सौंपा। यही सेवाकार्य पूजा की भावना से नर में नारायण को देखते हुए होना चाहिए। स्वामीजी ने स्पष्ट किया, "सबसे पहले पूजा होनी चाहिए विराट की-जो हमारे चारों ओर जीवों के रूप में प्रकट हुआ है। ये सभी नर-नारी ही हमारे देवी-देवता हैं। इनमें से भी सर्वप्रथम अग्रपूजा के भागीदार हैं, हमारे 'देशवासी'।" भगवान बुद्ध के 'बहुजन हिताय, बहुजन सुखाय' आदर्श को पुनः जागृत करते हुए उन्होंने 'आत्मनो मोक्षार्थं जग-द्वािताय च' आदर्श देश के सामने, विशेषकर त्यागी संन्यासियों के सामने रखा और समाजी की जीवनी-शक्ति को एक नयी धारा प्रदान की, जिसका प्रभाव अब श्रीरामकृष्ण संघ तथा गांधीजी के कार्यों के माध्यम से देशभर में दिखाई दे रहा है। स्वामीजी ने सभी सेवाकार्य को आध्यात्मिक साधना के रूप में बदल दिया। आजकल प्रायः समस्त साधु-समाज की गतिविधियाँ भी इसी आदर्श की ओर मुड़ गई हैं। अब आध्यात्मिकता की कसौटी भिक्षाटन, स्पृश्यता-अस्पृश्यता, खाद्य-अखाद्य आदि बाह्य आडबंर या निष्क्रियता, विचित्र वेशभूषा, इन्द्रजाल, चमत्कार-प्रदर्शन आदि के माध्यम से ना होकर केवल उच्च-चरित्र तथा त्याग और सेवाभाव से होगी।

7. व्यावहारिक वेदान्त और अद्वैत का सन्देश

व्यावहारिक वेदान्त (Practical Vedanta) की कल्पना तथा अद्वैत के सिद्धान्तों को समग्र जीवन के अंग-प्रत्यंग में लाने की योजना भारत के दीर्घ इतिहास में सर्वप्रथम स्वामी विवेकानंद ने की। उन्होंने अपने एक पत्र में लिखा :

> "अति दीर्घकाल से अद्वैत का ज्ञान कानन-कन्दराओं में छिपा हुआ था। उसे इस एकान्तवास से मुक्तकर पारिवारिक तथा सामाजिक जीवन में उसका प्रकाश लाने का कार्य विधाता ने मुझे सौंपा है। अद्वैत का डिंडिम सर्वत्र प्रतिध्वनित होगा-बाज़ारों में, पर्वतों के ऊपर, देश के कोने-कोने में"।

अद्वैत स्वामीजी के लिए एक दार्शनिक मत नहीं था, बल्कि एक अद्भुत शक्तिदायी जीवन तत्व था - प्रेम, आत्मविश्वास, निर्भयता और नैतिकता का

मूलाधार था। उन्होंने बताया, "यदि एक विद्यार्थी अपने आपको दिव्य आत्मा समझे, तो वह श्रेष्ठतर विद्यार्थी होगा, एक वकील अपने आपको दिव्य आत्मा समझे, तो वह श्रेष्ठतर वकील होगा। एक चर्मकार अपने आपको दिव्य आत्मा समझे, तो वह श्रेष्ठतर चर्मकार होगा (जैसा कि सन्त रविदास)। और जब लोग सर्वोत्तम भाव को जान लेंगे, तो सब ऊँच-नीच भेदभाव का अन्त हो जाएगा"। स्वामीजी ने व्यावहारिक अद्वैत के अद्भुत सन्देश को अपनी स्फूर्तिदायी वाणी में सुन्दर रूप से चित्रित किया है :

> "अद्वैत का रहस्य है 'आत्मविश्वास'। पहले अपने पर विश्वास रखो, तदनन्तर अन्य किसी वस्तु पर। पुराने धर्म कहते हैं कि 'वह नास्तिक है, जो ईश्वर में विश्वास नहीं करता', पर न्याय धर्म कहता है 'वही नास्तिक है, जो अपने पर विश्वास नहीं रखता'। मैं एक छोटा-सा बुलबुला हो सकता हूँ और तुम एक पर्वतकाय बड़ी लहर, पर यह जान लो कि हम दोनों का आधार वही महासागर है। अनन्त ब्रह्म ही हम दोनों के बल तथा शक्ति का आगार है और हम दोनों जितना चाहें उतना शक्ति-संग्रह उससे कर सकते हैं। यह है अद्वैत का व्यावहारिक सन्देश। अतः अपने पर विश्वास रखो और यदि तुम्हें भौतिक-संपत्ति की आकांक्षा है, तो इस सन्देश को कार्यान्वित करो, तुम्हें भौतिक-संपत्ति प्राप्त होगी। यदि विद्वान और बुद्धिमान होने की इच्छा है, तो उसी ओर इस संदेश का प्रयोग करो, तुम महामनीषी हो जाओगे। और यदि तुम मुक्ति-लाभ करना चाहते हो, तो अध्यात्म-जीवन में उसका अन्वय करो और तुम मुक्त हो जाओगे। अद्वैत की एक ही कमी थी कि आज तक उसका प्रयोग केवल आध्यात्मिक स्तर पर ही हुआ था-बस! अब उसका प्रयोग दैनन्दिन जीवन में करने का समय आ गया है। अब वह 'रहस्य' नहीं रहेगा, हिमालय की गुफाओं और अरण्यवासी साधु-संन्यासियों के पास ही सीमित नहीं रहेगा। अब हर एक मानव के दैनिक जीवन में उसका प्रवेश अवश्य होना है। राज-प्रसाद में, साधुओं की गुफा में, ग़रीबों की कुटिया में तथा रास्ते के भिखारी सभी सर्वत्र उसे काम में ला सकते हैं। अतः

चाहे तुम स्त्री हो या पुरुष, चाहे शूद्र हो या ब्राह्मण, चाहे ग़रीब हो या अमीर, अथवा चाहे और कुछ हो, तुम्हारे लिए भय का तनिक भी कारण नहीं है। भगवान श्रीकृष्ण गीता में कहते हैं कि 'इसके अल्पमात्र आचरण से भी सभी भय दूर हो जाएगा और महा-कल्याण की प्राप्ति होगी'। (स्वल्पमपि अस्य धर्मस्य त्रायते महतो भयात्)। अतः हे आर्य संतान! आलसी होकर बैठे मत रहो-उठो, जागो, और लक्ष्य पर पहुँचने तक मत रुको!" (उत्तिष्ठत, जाग्रत प्राप्य वरान्निबोधत)।

VI

भारतीय धर्म और दर्शन का नव प्रवाह

1. श्रीशंकराचार्य के अपूर्ण कार्य की पूर्ति

भारत में धर्म और दर्शन का प्रवाह अलग-अलग नहीं बहता। वे एक-दूसरे का आलिंगन करते हुए, एक-दूसरे को सुदृढ़, शक्ति-सम्पन्न और बहुमुखी बनाते हुए चलते हैं। धर्म-जीवन सत्य-दर्शन कराता है और सत्य-दर्शन धर्म को प्राणवान और गतिशील बनाता है। जब-जब इन दोनों में अनबन होकर धर्म का ह्रास हुआ, धर्म की ग्लानि हुई, तब-तब किसी महापुरुष ने जन्म लेकर धर्म का उद्धार किया, अर्थात उसके आधारभूत आध्यात्मिक दर्शन का विकास किया और देश-काल-परिस्थिति के अनुसार उसको नव-कलेवर पहनाकर तत्कालीन सामाजिक परिप्रेक्ष्य में उसके साक्षात्कार का, उसके धर्म क्षेत्र में अन्वय करने का नया मार्ग दिखाया। श्रीराम, श्रीकृष्ण, भगवान बुद्ध आदि ने यही किया, यानी धर्म-संस्थापना। और जब कालगति से बौद्ध धर्म के शिथिल होने के कारण भारत में पुनः अधर्म का अभ्युत्थान हुआ और सर्वत्र अनैतिकता, अनाचार, जड़वाद और भोगवाद फैलने लगा तो एक अतीव आध्यात्मिक शक्ति संपन्न प्रखर-बुद्धिमान महापुरुष श्री शंकराचार्य के रूप में आविर्भूत हुआ।

जैसा कि सर्वविदित है कि श्रीशंकराचार्य ने अद्वैत-दर्शन को सुप्रतिष्ठित बनाकर शुद्ध और उदात्त तथा व्यापक और विशाल वैदिक धर्म को देशभर में प्रसारित किया। तीक्ष्ण बुद्धि संपन्न और विशाल अन्तःकरण वाले श्री

शंकराचार्य ने वेदान्त तथा वैदिक धर्म को एक ऐसा सर्वग्राही व्यापक रूप दिया कि उसमें समस्त धार्मिक तथा दार्शनिक धाराएँ भिन्न-भिन्न स्तर पर समा सकें। तब से वेदान्त रूपी विशाल मन्दिर के गगनचुम्बी शिखर पर अद्वैत का ज्योतिर्मय कलश प्रकाशमान होकर मार्गदर्शन करने लगा। इसलिए अब भारत में दर्शन का नाम लेने से प्रायः वेदान्त का, और वेदान्त कहने से अद्वैत का स्मरण होता है। आचार्य ने गम्भीर तथा सुविशाल रूप धारण किया। शणमतों का वेदान्त की पृष्ठभूमि में समन्वय हुआ और आचार्य शंकर 'शणमतस्थापनाचार्य' शणमत (छः मत-शैव, शाक्य, वैष्णव, सौर गाणपत्य और कौमार-स्थापना-कर्ता) के रूप में भारत में प्रसिद्ध हुए।

श्री शंकराचार्य ने कार्य और विचार धार्मिक और दार्शनिक स्तर पर अवश्य सुप्रतिष्ठित हुए। बौद्ध धर्म की जो कुछ भी धार्मिक तथा दार्शनिक विशेषताएँ थीं, इन्हें वेदान्त में समाविष्ट कर लिया और नया हिन्दू धर्म का उदय हुआ, जिसमें वैदिक धर्म के साथ बौद्ध धर्म का सम्मिलन हुआ और भगवान बुद्ध दशावतारों में गिने जाने लगे, लेकिन पतनोन्मुख बौद्धों द्वारा देश में जो अनैतिकता, दुराचार, राजनैतिक पारम्परिक कलह और सामाजिक दुर्बलता फैली थी, उसका सुधार शीघ्र होने वाला नहीं था। कु:संस्कार बहु प्रयास के बाद शनैः शनैः ही बदलते हैं, जिसका दृष्टान्त हमें आज की भारत की स्वार्थी और अनैतिक परिस्थिति में भी मिलती है, जबकि स्वामीजी और गांधीजी ने देश की उन्नति के लिए जनता के सामने उदात्त विचार और अपने त्यागमय जीवन का आदर्श रखा। सामाजिक स्तर पर आचार्य शंकर का कार्य चिरस्थायी होने के पहले ही विदेशी और विधर्मी आक्रमण शुरू हुए और उपरोक्त दुर्बलताओं से विच्छिन्न भारत में उनका सामना करने की पर्याप्त शक्ति नहीं रही।

ग्यारहवीं शताब्दी के बाद का भारतीय इतिहास सर्वविदित है। लगभग सात सौ वर्षों तक भारत के सामने धर्म-दर्शन या सामाजिक और सांस्कृतिक प्रगति का प्रश्न नहीं रहा, बल्कि प्रश्न किसी भी प्रकार से आत्मरक्षा करने का था, पर आश्चर्य यह है कि ऐसे दु:संकट के समय में भारतीयों ने अपनी संस्कृति और धर्म-दर्शन का यथासाध्य बनाए रखा। यह आचार्य शंकर के महत्कार्य का ही सुफल था, यह कह सकते हैं, परन्तु इस कालखण्ड में श्री शंकर से प्राप्त अद्वैत दर्शन की विशाल कल्पना लुप्त-सी हो गई भारतीयों के

मन से। समाज के सभी क्षेत्रों में गतिरोध होकर-विनियम तथा आदान-प्रदान और मार्गदर्शन के अभाव में नाना प्रकार की संकीर्णता और कुसंस्कार पनपने लगे। हाँ, आचार्य शंकर का बोया हुआ बीज व्यर्थ नहीं गया। राष्ट्रीय चेतना के तल में वह अज्ञातभाव से अंकुरित होकर बढ़ता रहा। इसके फलस्वरूप राष्ट्र की आशा-आकांक्षाओं, भारत के चिरन्तन आदर्शों के अनुरूप श्रीशंकर के अपूर्ण कार्य को सार्वभौमिक स्तर पर पूर्ण करने के लिए विश्व के सामने एक महान राष्ट्रमूर्ति प्रकट हुई स्वामी विवेकानंद के रूप में।

2. हिन्दू धर्म की व्यापक नयी व्याख्या

आचार्य शंकर ने बौद्ध धर्म की विशेषताओं को समाविष्ट करके नए हिन्दू धर्म को जन्म दिया। स्वामी विवेकानंद ने भी इसी कार्य को आगे बढ़ाया। अपने भाषणों और लेखों में स्वामीजी ने बौद्ध धर्म को हिन्दू धर्म से अलग नहीं बताया, बल्कि उनके एकत्व को प्रतिपादित किया, यद्यपि उन्होंने पतनोमुख बौद्ध धर्म के अनाचारों का खण्डन किया। वैसे तो आधुनिक हिन्दू-समाज की दुर्बलताओं की भी उन्होंने तीव्र निन्दा की। उन्होंने बौद्ध धर्म को हिन्दू धर्म का परिपूरक बताया और शंकर की प्रखर बुद्धि और बुद्ध के विशाल हृदय का सम्मिलन करने का आग्रह किया।

स्वामीजी ने अपने भाषणों तथा पत्र-प्रबन्ध आदि में गम्भीर और विशाल हिन्दू धर्म की अद्वैत-वेदान्त के आधार पर समन्वयात्मक सार्वभौमिक नयी व्याख्या की। उन्होंने स्पष्ट दिखाया कि हिन्दू धर्म एक अस्त-व्यस्त विचारों का समूह नहीं, जैसे कि विधर्मियों ने प्रचार किया है, बल्कि एक महान वटवृक्ष के समान है, जो अपनी समस्त शाखा-उपशाखाओं से आध्यात्मिक धर्म जीवन की समग्र भूमि को व्याप्त किए हुए है। यह अनजान लोगों को पृथक-पृथक जैसा दिखाई देता है। जगत में कोई ऐसा धर्म, मत या संप्रदाय नहीं है, जो इस विशाल वृक्ष की रक्षक छाया से वंचित हो सके। कारण, हिन्दू धर्म का परम आधार अद्वैत और अद्वैत बताता है कि सर्वत्र एक ही सत्य-वस्तु नाना रूप में बसती है। और यदि सर्वत्र एक ही सत्य भिन्न-भिन्न रूपों में विद्यमान है, तो सभी धर्म मार्ग उसी की दिशा में जाते हैं। स्वामीजी ने बताया कि हिन्दू धर्म की दृष्टि में :

> "मनुष्य असत्य से सत्य की ओर नहीं बढ़ता, बल्कि सत्य से सत्य की ओर अग्रसर होता है। हाँ, निम्नतर सत्य से उच्चतर सत्य की ओर। अतः सबको अपने-अपने 'इष्ट' का अनुसरण करने का अवकाश और अधिकार है, प्रत्येक के लिए अपना ही एक धर्म-मार्ग है"।

स्वामीजी की व्याख्या के अनुसार 'इष्ट' शब्द व्यापक अर्थ में प्रयुक्त हुआ है। अब उससे केवल 'इष्ट देवता' का निर्देश नहीं होता, बल्कि सब प्रकार के धार्मिक व आध्यात्मिक मार्गों के चयन और अनुगमन के अधिकार का निर्देश होता है। इस दृष्टि से सभी सदाचारयुक्त धार्मिक जीवन-पथ अध्यात्म मार्ग बन जाते हैं।

स्वामीजी के इस नवीन दृष्टिकोण की विवेचना करते हुए भगिनी निवेदिता ने स्वामी विवेकानंद ग्रन्थावली की अपनी 'अवतरणिका' में लिखा है :

> "यदि अनेक और एक, एक ही परमार्थ सत्य है, तो उस सत्य के साक्षात्कार के लिए केवल सभी प्रकार की निवृत्ति पर उपासनाएँ ही नहीं, बल्कि समानभाव से सभी प्रकार के प्रवृत्तिपरक कर्म, सभी प्रकार के प्रयास और सभी प्रकार के सृजन भी उसी सत्य को प्राप्त करने के विभिन्न मार्ग हैं। इससे यह 'धार्मिक' है, वह 'लौकिक' है-इस प्रकार का भेद नहीं रहेगा। श्रम करना भी पूजा है, प्रपंच पर विजय प्राप्त करना भी त्याग के समान है। समग्र जीवन ही धर्म है। संपादन और संरक्षण-अर्थात योगक्षेम-उतना ही गुरुतर कर्तव्य है, जितना कि कर्मनिवृत्ति और अनासक्ति"।
>
> "इसी अनुभव के कारण स्वामीजी कर्मयोग के बड़े प्रचारक थे-ज्ञान और भक्ति से पृथक रूप में नहीं, बल्कि उनको अभिव्यक्त करने की प्रक्रिया के रूप में। उनके विचार में कारखाना, अध्ययन कक्ष, खेत और क्रीड़ांगन, ईश्वर और मानव के-नर और नारायण के-सम्मिलन के लिए उतने ही यथार्थ और उपयुक्त क्षेत्र और साधन हैं, जितने कि तपस्वी के लिए गुफा और मन्दिर का गर्भगृह। उनकी दृष्टि में ईश्वर-निर्भरता,

> चरित्रगठन और आध्यात्मिकता - इसमें कोई भेद नहीं है। एक दृष्टि से उनकी सम्पूर्ण वाणी को इसी केन्द्रीय दृढ़ आस्था के भाग्य के रूप में पढ़ा जा सकता है। एक बार उन्होंने कहा था, "कला, विज्ञान एवं धर्म एक ही सत्य की अभिव्यक्ति के विविध माध्यम हैं, लेकिन इसका पूर्ण अर्थ हम अद्वैत के प्रकाश में ही जान सकते हैं"।

और जब हम इसका अर्थ ग्रहण करेंगे, तब मानव के धर्म-जीवन में एक महान परिवर्तन आएगा।

3. मूल रूप में वर्णाश्रम धर्म की कल्पना का महत्त्व

स्वामी विवेकानंद ने वेदान्त दर्शन पर सुप्रतिष्ठित प्रवृत्ति-निवृत्ति वैदिक धर्म का समर्थन किया, जो लोगों के सामने केवल स्वर्ग या मोक्ष ही नहीं, बल्कि धर्म-अर्थ-काम-मोक्ष रूपी चतुर्विध पुरुषार्थ साध्य के रूप में रखता है, जिसे धार्मिक मार्ग से अपनी रुचि के अनुसार सामाजिक मान्यता प्राप्त करने का अधिकार सभी को है। समाज के प्रति प्रत्येक वर्ग का अपना-अपना कर्तव्य होता है और साथ ही साथ जीवन में अपना परम श्रेय साधने की प्रबल साहसिक इच्छा भी सभी में अन्तर्निहित है। इन दोनों का अर्थात समाज के प्रति अपने ऋण और कर्तव्य को पूरा करना और अपना वैयक्तिक परमश्रेय प्राप्त करना, इन दोनों का यथोचित सामंजस्य करने के लिए जो धार्मिक व्यवस्था है इसी को 'वर्ण-आश्रम धर्म' नाम से अभिहित किया जाता है। ब्राह्मण, क्षत्रिय, वैश्य और शूद्र इन चारों वृत्तियों या वर्णों का अनुसरण करते हुए तथा अपने-अपने स्वभावज कर्मों से समाजरूपी ईश्वर की सेवा करते हुए जीवनकाल के उत्तरोत्तर भिन्न-भिन्न स्तरों अर्थात ब्रह्मचर्य (विद्यार्थी), गृहस्थ, वानप्रस्थ, संन्यास आश्रमों में अपना वैयक्तिक अध्यात्म श्रेय प्राप्त कर लेना ही वर्णाश्रम धर्म का मूल उद्देश्य है। वर्णाश्रम धर्म एक सीढ़ी का काम करता है। जैसी एक सीढ़ी की आवश्यकता नहीं रहती है, उसी प्रकार वर्णाश्रम धर्म अपने को अपना दिव्य आत्मस्वरूप-ज्ञान उपलब्ध कराकर परमेश्वर से एकत्वबोध करा देता है और देहभान से मुक्त व्यक्ति वर्णाश्रम के परे चला जाता है। वह अत्याश्रमी होकर जीवन्मुक्त के रूप में जगत का कल्याण करते हुए निर्भय तथा प्रेमपूर्ण हृदय से विचरण करता है।

इस प्रकार हिन्दू धर्म समाज की भिन्न-भिन्न वृत्तियों का अवलंबन करने वाले वर्गों में संघर्ष मिटाकर सभी वर्गों के लोगों को ऊपर उठाने के लिए और जीवन के परम लक्ष्य तक पहुँचाने के लिए वर्णाश्रम धर्म के माध्यम से समान अवसर प्रस्तुत करता है। 'स्व-कर्मणा तमू अभ्यर्च्य सिद्धिं' विन्दति मानवाः' - भगवद् गीता के इस कथन के अनुसार, मानव अपने-अपने स्वधर्म का सामाजिक तथा आध्यात्मिक स्तर पर परिपालन करते हुए ऊर्ध्वगामी होता है। इससे समाज का अभ्युदय और व्यक्तिगत निःश्रेयस अर्थात आत्मकल्याण दोनों सिद्ध होते हैं। इसीलिए वैदिक धर्म को 'अभ्युदय-निःश्रेयसात्मक' कहा गया है, लेकिन मनुष्य जीवन का लक्ष्य त्याग-सेवा एवं योग के बदले भोगैश्वर्य हो जाए, तो वर्णाश्रम धर्म की तुलना और व्यवस्था विपरीत रूप में दिखाई देती है।

कार्यान्वित करने की प्रक्रिया में समय के साथ सभी प्रकार की आदर्शपूर्ण संस्थाओं और व्यवस्थाओं में भी नाना प्रकार के दोष घुस जाते हैं, जैसे कि आजकल की प्रजातन्त्र व्यवस्था में, साम्यवाद के कार्यान्वयन में, राजनैतिक, आर्थिक और वैज्ञानिक क्षेत्रों के परिचालन में अर्थात समाज के सभी क्षेत्रों में। इसीलिए गीता में कहा गया 'सर्वारंभाहि दोषेण धूमेनाग्निरि आवृताः' अर्थात मनुष्य के सभी प्रकार के प्रयत्न और कार्य अवश्य ही दोषों से घिरे हुए रहते हैं, जैसे कि आग धुआँ से। इसका मूल कारण है कि असंस्कृत मानव की स्वाभाविक स्वार्थी और परशोषिबुद्धि। इसलिए सभी संस्थाओं और व्यवस्थाओं को बार-बार सुधारना पड़ता है। राजकीय दासत्व के कारण वर्णाश्रम धर्म के बारे में यह काम सात-आठ सौ वर्षों में यदा-कदा ही हो सका, फिर भी विकृत रूप में भी क्यों ना हों, वर्णाश्रम धर्म व्यवस्था अभी तक पाँच-छः हजार वर्षों से टिकी हुई है। यह उसकी अन्तःशक्ति और उपयोगिता का प्रमाण है। आध्यात्मिक सत्य और मनुष्य के नैज-स्वरूप पर प्रतिष्ठित होना ही उस शक्ति का आधार है। हाँ, कुछ महापुरुषों और भक्ति आन्दोलन ने इस वर्णाश्रम धर्म को सुधारने का प्रयास अवश्य किया। बात यह है कि वर्णाश्रम धर्म को उसके आदेशानुसार ही सुधारना होगा। ना कि परकीय आदर्शानुसार। वीणा बिगड़ने पर टाइप-रायटर के समान उसे सुधारा नहीं जाता, लेकिन आजकल उसके आदर्शों को छोड़कर पाश्चात्य भोग-विलास के आदर्शों पर समाज को गढ़ने की कोशिश जारी है।

हम देखते हैं कि प्रत्येक यन्त्र या संयन्त्र में, जहाँ वर्जनीय चीज़ों या गैस (Gas) जैसी शक्तियों के संचय से तनाव की सृष्टि होती है, वहाँ उनको बहिर्गत करने के लिए यन्त्र में व्यवस्था रहती है - जैसे कि चिमनियाँ, वॉल्व (Valve) इत्यादि, नहीं तो यन्त्र में विस्फोट हो सकता है। इसी प्रकार समाज रूपी जीवन-यन्त्र में केवल भोग-विलास का ही अर्थ और काम का ही आदर्श रहे और मनुष्य के आन्तरिक शक्तियों को ऊर्ध्वगति देने के लिए धर्म और मोक्ष का आदर्श समाज के सामने नहीं रहे, तो अवश्य समाज में, मानव-जीवन में, नाना प्रकार के तनावों की सृष्टि और विविध प्रकार के विस्फोट और संघर्ष अवश्यंभावी है। इसी कारण से मनुष्य जीवन का ढाँचा संकुचित बन जाता है और उसकी अंतर्निहित शक्तियों की विस्तृत अभिव्यक्ति के लिए, विशेषकर ऊर्ध्वगामी आध्यात्मिक शक्तियों की अभिव्यक्ति के लिए अवकाश नहीं रहता। उसका कार्य क्षेत्र इन्द्रियगोचर भौतिक बहिर्जगत में ही सीमित हो जाता है और मनुष्य के संघर्षात्मक निचली प्रवृत्तियों को ऊर्ध्वगति देकर प्रेम और शांति में उन्हें परिवर्तित करने का (Sublimation) कोई साधन ही नहीं रहता। हमें यह नहीं भूलना चाहिए कि अन्तर्जगत बहिर्जगत के सहस्र गुण विशाल हैं और मनुष्य जीवन के मूल में हैं। जो अन्तर्जगत का जय करता है, वही सचमुच विजयी है।

खैर! स्वामीजी ने बताया कि अब यथार्थ वर्णाश्रम धर्म लुप्त-सा हो गया है। उसका सही अर्थ तक लोग भूल गए हैं। त्याग और योग, परस्पर सद्भावना और सेवाभाव के बदले में भोग-विलास, परस्पर विद्वेष और परशोषण अब मनुष्य का लक्ष्य बन गया है, धर्म को छोड़कर केवल अर्थ और काम में लोग फँस गए हैं। इसका कारण अपना दिव्य आत्मस्वरूप तथा सभी चराचर जगत की एकता और एकात्मकता-जो अद्वैत वेदान्त दर्शाता है - इनको भूलकर मनुष्य विरोचन के समान आसुरी देहात्म बुद्धि तथा नानात्व की भेदभावना से प्रेरित हुआ है। इसीलिए राष्ट्र का अधःपतन हुआ है। अब वर्णधर्म केवल अस्पृश्यता और जन्मगत जातिवाद में घुस गया है। क्या खाना-पीना, क्या नहीं, किसको छूना, किसको नहीं, यही वर्ण धर्म का सार बन गया है। ब्रह्मचर्यादि आश्रमधर्म भी शिथिल हो गए हैं। यदि देश का उत्थान होना है, तो स्थितियों को वर्णाश्रम धर्म के अनुरूप सुप्रतिष्ठित करना चाहिए। देश-काल-परिस्थितियों के अनुरूप उसमें आवश्यक परिवर्तन करते हुए ऐसा करना चाहिए। समाज में सभी को अपने स्वभावसिद्ध, स्वधर्म का

प्रकाश करने और उसे प्रस्फुटित करने का अबाधित अवसर मिलना चाहिए। ईश्वर की दृष्टि में सभी समान हैं।

अद्वैत-वेदान्त के अनुसार सभी में दिव्यत्व समान रूप से निहित है। भेद केवल उसकी अभिव्यक्ति में है, जैसे कि एक ही व्यक्ति के भिन्न अंगों की शक्ति और उनकी क्रिया। यद्यपि व्यक्ति की आत्मा एक ही है, जीभ ही चख सकती है, आँखें ही देख सकती हैं, पैर चल सकते हैं, हाथ काम कर सकते हैं और मस्तिष्क सोच सकता है। सभी कार्य मनुष्य जीवन के लिए समान रूप से आवश्यक हैं। इसी प्रकार समाज रूपी शरीर की स्थिति-गति के लिए उसके अंग रूपी सभी वर्गों और वर्णों की सेवा समान रूप से आवश्यक है। सभी अपने-अपने स्वभाव और क्षमता के अनुसार एक ही परमेश्वर की सेवा करते हुए एक ही सत्य की ओर जा रहे हैं। इसलिए सभी अपने-अपने कार्यक्षेत्र में समान हैं। किसी व्यक्ति या समुदाय को अपने जन्म के आधार पर हो या कर्म के, विद्या के हो या बुद्धि के, जनबल के हो या धनबल के - विशेष अधिकार या मान्यता का दावा करने का अधिकार नहीं। हाँ, यदि मनुष्य सच्चरित्र और सेवाधर्मी होकर सबसे प्रेम करता है, तो लोग स्वयं उसका एक महात्मा रूप में सम्मान करेंगे, लेकिन सभी को सुख-शान्ति से रहने का, चतुर्विध पुरुषार्थों को प्राप्त करने का, कर्म, भक्ति, ध्यान, ज्ञान योगों की साधना अनुसरण करने का अधिकार है। सब समाज रूपी शरीर के अंग हैं और ईश्वर ही उस शरीर की अन्तरात्मा है। इसलिए अपनी शक्ति और स्वभाव के अनुसार सभी को समाज की उन्नति करने में अपनी सेवा अर्पित सेवा करनी चाहिए। प्रत्येक मनुष्य को अपने वर्णधर्म अर्थात सर्वधर्म का परिचालन करते हुए, आश्रम धर्म के सहारे जीवन के परम लक्ष्य को, परम पुरुषार्थ 'मोक्ष' को - अर्थात अपने अन्तर्निहित दिव्य आत्मस्वरूप को प्राप्त करके सभी वर्ण और आश्रम के परे जाने का प्रयत्न करना चाहिए। यह है अद्वैत का व्यावहारिक सन्देश।

खेद की बात यह है कि संकुचित मन के नेता देहात्मबुद्धि से प्रेरित होकर कर्तव्य और सेवा के स्थान पर अधिकार और भोग के ऊपर बल देते हुए लोगों में फूट डालकर सर्वत्र संघर्ष की सृष्टि करते हैं। अपने स्वार्थ के लिए वे ऐसा करते हैं और लोगों की सुख-शान्ति और उच्च भावना को हर लेते हैं।

4. विश्वधर्म की खरी कल्पना

'विश्वधर्म' अर्थात सार्वभौमिक धर्म के नाम पर जगत में बहुत रक्तपात हुआ। किसी एक धर्म-गुरु के देश-काल सीमित उपदेशों को उसके अनुयायियों द्वारा बलात् सभी पर सर्वत्र सदा के लिए लादने का बर्बर प्रयास ही इसका कारण है, लेकिन जब तक मनुष्य भिन्न-भिन्न प्रकृति के होते हैं, तब तक इस प्रकार का विश्वधर्म असंभव है। ऐसे सभी प्रयत्न व्यर्थ हैं। स्वामीजी ने बताया कि प्रत्येक व्यक्ति के लिए धर्म का मार्ग भिन्न-भिन्न होता है। इसलिए जगत में जितने धर्म तथा मतों की वृद्धि होगी, उतना अच्छा है, क्योंकि इससे सभी को किसी ना किसी धर्म मार्ग का सहारा लेने का अवकाश रहेगा। 'मित्रों की बुद्धि से हानि नहीं पहुँचती, अपितु मतान्धता से' ऐसा होता है। सच्चा धर्म केवल कुछ धार्मिक उपदेशों पर विश्वास रखने में नहीं, ईश्वर-साक्षात्कार और आत्मानुभूति पर अवलंबित है। किसी को 'विश्वधर्म' की स्थापना करने की आवश्यकता भी नहीं है। उसे स्वयं ईश्वर ने पहले से ही बना कर रखा है। यह सभी लोगों के हृदय में आध्यात्मिक पिपासा के रूप में अनादिकाल से विद्यमान है।

शिकागो विश्वधर्म सम्मेलन में सार्वभौमिक धर्म का नूतन आदर्श प्रस्तुत करते हुए स्वामीजी ने कहा था :

> "यदि सारे विश्व में एक ही धर्म का होना संभव हो, तो वह धर्म वही होगा, जो देश या काल पर निर्भर ना हो, जो ईश्वर के समान ही सीमाबद्ध ना हो, जिसकी ज्योति श्रीकृष्ण या भगवान बुद्ध के भक्तों तथा ईसा मसीह या अल्लाह के प्रेमियों, साधुओं तथा पापियों पर सूर्य की तरह समान भाव से प्रकाश दें। जो केवल वैदिक, बौद्ध, ईसाई या इस्लामी ना हो, बल्कि इन सबके समन्वित समष्टिरूप हो, और साथ ही जिसमें विकास के लिए असीम अवकाश हो, जो अपनी महान उदारता के कारण अपने अनन्त बाहुओं में, निम्न से निम्न तथा श्रेष्ठ से श्रेष्ठ मानव को समेटकर अपने हृदय से लगा ले। वह ऐसा धर्म होगा, जिसके शासन का सम्पूर्ण उद्देश्य, जिसकी समस्त शक्तियों का लक्ष्य मानवजाति को उसके यथार्थ 'दिव्य-स्वरूप' का साक्षात्कार करने

> में सहायक बनना ही है। ऐसे धर्म को लोगों के सामने रखो, और सभी राष्ट्र तुम्हारा अनुसरण करेंगे"।

कहने की आवश्यकता नहीं है कि वेदान्त इन सभी लक्षणों से युक्त है और उसका इतिहास इसका प्रमाण है। केवल वेदान्त ने ही भिन्न-भिन्न स्वभाव के लोगों के लिए - कर्मप्रधान, भावना-प्रधान, ध्यान-प्रधान और बुद्धि प्रधान लोगों के लिए - क्रमशः कर्मयोग, भक्तियोग, राजयोग और ज्ञानयोग रूपी ईश्वर साक्षात्कार और आत्मानुभूति के मार्ग का आविष्कार किया है। वेदान्त-दर्शन किसी को एक निर्दिष्ट मार्ग पर चलने का आग्रह नहीं करता। अपने के लिए उचित और उपयुक्त मार्ग को चुन लेने और उसका अनुसरण करने और आवश्यक समझने पर उसे बदलने की स्वतन्त्रता सभी को सदा प्राप्त है। इस प्रकार का वेदान्त हिन्दू धर्म की पृष्ठभूमि होने के कारण ही हिन्दू धर्म इतना उदार, उदात्त और विशाल है"।

वेदान्त सभी धर्मों का स्रोतस्वरूप है-इसके बारे में स्वामीजी ने अपने एक पत्र में लिखा था :

> "अब मैं अपने आविष्कार को तुम्हें बताऊँगा। धर्म-सर्वस्व वेदान्त में ही है - अर्थात वेदान्त-दर्शन के द्वैत, विशिष्टाद्वैत, और अद्वैत इन तीन स्तरों या भूमिकाओं में। और ये स्तर एक के बाद एक आते हैं। मनुष्य की आध्यात्मिक उन्नति के क्रमशः ये तीन सोपान हैं और इनमें से प्रत्येक सोपान आवश्यक है। वेदान्त ही समग्र धर्म का सार है। भारत के नाना प्रकार के जातीय आचार-व्यवहारों और मतों में वेदान्त के भिन्न-भिन्न स्तरों के प्रयोग का नाम है 'हिन्दू धर्म'। यूरोप की जातियों के विचारों में उसकी पहली भूमिका अर्थात द्वैत का ही प्रयोग है 'ईसाई धर्म'। सेमेटिक (अरबी और यहूदी) जातियों में उसका ही प्रयोग 'इस्लाम धर्म' और 'यहूदी धर्म' है। योगानुभूति की दृष्टि से अद्वैत का प्रयोग 'बौध्द्र धर्म' है इत्यादि, इत्यादि।

5. धर्म का वैज्ञानिक-स्वरूप

वेदान्त की इस सार्वभौमिक पृष्ठभूमि में स्वामी विवेकानंद ने धर्म, उसकी

आवश्यकता, उसका युक्तिसंगत वैज्ञानिक स्वरूप तथा उसके दार्शनिक आधार का प्रतिपादन किया। विभिन्न धर्म एक ही विश्व धर्म के प्रभेद मात्र हैं। सत्य अनन्त और स्वतः सिद्ध है और उसे साक्षात्कार करने के मार्ग ही धर्म कहलाते हैं। यदि धर्म अपने इस प्रधान उद्देश्य को सफल नहीं करता और केवल कुछ बाह्य आचार-विचार-व्यवहारों के आडम्बर में फँस जाता है, तो वह केवल नाममात्र से धर्म है, असल में नहीं। स्वामीजी ने बताया कि धर्मों के मूलस्रोतों को खोजा जाए, तो यह देखने में आता है कि उन धर्मों के प्रर्वतकों ने अतीन्द्रियावस्था में उन धर्मों के आध्यात्मिक तत्वों का साक्षात्कार किया था। वे अनन्त सत्य के ही आंशिक स्वरूप हैं, पहलू हैं। और उन्होंने उन तत्वों को देशकाल-परिस्थिति के अनुरूप प्रवर्तित किया था, जैसे कि हम उच्च वैज्ञानिक तत्वों को साधारण जनता को उनकी ही भाषा में ग्राह्यरूप में प्रस्तुत करते हैं। जैस विज्ञान के आविष्कारों का अन्त नहीं, उसी प्रकार धर्म के मार्गों के भी अंत नहीं। वर्तमान और भविष्य में भी कोई भी योग्य व्यक्ति अतीन्द्रियावस्था में पहुँचकर सत्य का साक्षात्कार कर सकता है। इसलिए धर्म भी उतना ही प्रयोग-सिद्ध है, जितना कि भौतिक विज्ञान।

लेकिन उन प्रयोगों को, विशेष रूप से धार्मिक प्रयोगों को समझने की योग्यता और सामर्थ्य इसमें होनी चाहिए। जिस प्रकार विज्ञान के सूक्ष्म और जटिल प्रयोगों को हम साधारण जनता को नहीं समझा सकते, उसी प्रकार धर्मानुभूति के प्रयोगों के सम्बन्ध में भी समझना चाहिए। अतः बिना सोचे-समझे तथा प्रयोग की कसौटी पर कसे बिना धर्म की अनुभूति को मिथ्या बताना अवैज्ञानिक ही है। हाँ, जीवन के सभी क्षेत्रों में ठग और मिथ्याचारी होते हैं, लेकिन इससे ही सत्य की सभी अनुभूति मिथ्या नहीं बन जाती। सत्य का साक्षात्कार किए हुए त्यागी, निःस्वार्थ प्रेमी और सेवापरायण महापुरुष भी हैं, जिनका पवित्र जीवन समाज के लिए कल्याणकारी है। सत्यदर्शन से बहुत लोगों की जीवन यात्रा भी सच्चाई की दिशा में मुड़ गई है। योग साधना द्वारा मन को संयमित तथा एकाग्र बनाकर उसे अन्तर्मुखी बनाने से आध्यात्मिक तत्वों का अपने भीतर ही साक्षात्कार होता है।

स्वामीजी ने दर्शाया कि मनुष्य के ज्ञान के तीन स्तर हैं - निम्न प्रज्ञा (Instinct or subconscious), बहिःप्रज्ञा (Reason or conscious) तथा अतीन्द्रिय प्रज्ञा (Super-conscious)। साधारणतः हम बहिःप्रज्ञा के ज्ञान को ही विचारयुक्त समझते हैं। यह हमारी भूल है। बहिःप्रज्ञा संवित-सागर

के ऊपरी सतह की एक पतली सी पटल मात्र है। निम्न प्रज्ञा के ज्ञान में युक्ति-प्रचार निहित अर्थात अप्रकाशित है। बहिःप्रज्ञा के ज्ञान में यह प्रकट है। और अतीन्द्रिय प्रज्ञा के ज्ञान को दिव्य-प्रेरणा या अन्तःप्रेरणा (Inspiration or Intuition) कहे जाने पर भी यह युक्ति-विचार से विरुद्ध नहीं होता। दिव्य अनुभव कभी आयौक्तिक नहीं होता, क्योंकि वह सत्य-वस्तु पर आधारित है।

दिव्य-स्फूर्ति की परीक्षा यही है कि वह युक्तिसंगत होगी तथा लोकहितार्थ होगी और उसकी अनुभूति उसी को होगी, जिसका जीवन साधानामय और पवित्र होता है। उसमें उसका अपना कोई प्रापंचिक स्वार्थ नहीं रहेगा, बल्कि वह प्रेम, त्याग और सेवाभाव से परिपूर्ण होगा। अगर यह लक्षण उस दिव्य स्फूर्ति (Divine Inspiration) में नहीं होगा, तो वह आसुरी स्फूर्ति ही कही जा सकती है, जिसके द्वारा सर्वत्र हिंसा और भय का वातावरण भड़क उठता है। इससे युद्ध, अनीति तथा अत्याचार फैल जाते हैं।

इससे यह सिद्ध होता है कि ज्ञानोपलब्धि के तीन प्रकार के साधन हैं, और तीनों ही अपने-अपने क्षेत्र में समान रूप से प्रमाणित हैं, यद्यपि उत्तरोत्तर साधन पूर्व साधनों की अपेक्षा अधिकाधिक व्यापक तथा श्रेष्ठतर ज्ञान का साधन है। पहला साधन प्राणियों में, दूसरा साधारण मनुष्यों में, तथा तीसरा योगियों या देवमानवों में विकसित हुआ है।

डार्विन के 'क्रम विकास' (Theory of Evolution) के अनुसार जीवों की उत्पत्ति ईश्वर से नहीं हुई, बल्कि कुछ नैसर्गिक तत्वों के प्रभाव से कीटाणु से क्रमशः मानव तक जीवों का विकास हुआ है, और नर तो वानर का ही विकसित रूप है। इससे यूरोप में पाश्चात्य भारतोत्तर धर्मों की सृष्टि कल्पना पर विज्ञान का एक और भयंकर विप्लवकारी आघात पहुँचा। वे सभी हड़बड़ा गए और सर्वत्र चिल्लाहट मच गई, लेकिन वेदान्त पर प्रतिष्ठित हिन्दू धर्म के लिए यह सीधी-सादी प्राचीन भारत की कल्पना ही ठहरी। वेदान्त केवल जीवों के बारे में ही नहीं, अपितु समस्त चराचर सृष्टि के बारे में ही क्रम विकास को मानता और सिखाता आया है। 'चौरासी लाख योनियों' के बारे में भारत का एक किसान भी जानता है। और पुराणों में 'चौरासी लाख योनियों' के भिन्न-भिन्न प्रकार के जीवों की संख्या-स्थावरों से लेकर वानरों तक-देते हुए कहा गया है कि वानर योनि के बाद जीव मनुष्य योनि को प्राप्त

होता है और ('ततो मनुष्यतां प्राप्य ततः कर्माणि साधयेत्') मनुष्य शरीर में आत्म साक्षात्कार के लिए प्रयास करता है।

इसके अलावा हिन्दू धर्म सीधी रेखाकार विनाशशील सृष्टि को नहीं मानता, जो केवल इसी एक ही बार के लिए है, जैसे अन्य धर्म और आधुनिक पाश्चात्य विज्ञान तक मानते हैं। हिन्दू धर्म बीच-वृक्ष न्याय से अनादि-अनन्त चक्राकार सृष्टि को मानता है। यह स्थूल और सूक्ष्माकारों के बीच निरन्तर घूमती रहती है। इसे कल्प-महाकल्प इत्यादि शब्दों से वर्णित किया गया है। इसलिए स्वामीजी ने बताया कि 'क्रमविकासवाद' (Theory of Evolution) इतना ही निदर्शन देता है कि प्राणियों में एक क्रमबद्ध परम्परा है। उससे यह सिद्ध नहीं होता कि इस क्रम की गति कौनसी दिशा में थी, क्योंकि सृष्टि चक्राकार है, जिसको मानना युक्तियुक्त है। समस्त सृष्टि की शक्ति बीजाकार में अंतर्निहित रहनी चाहिए। ऐसा नहीं होता, तो सृष्टि हो ही नहीं सकती, जैसे कि एक बीज से ही वृक्ष होता है, एक पत्थर की गोली से नहीं। आजकल विज्ञान इसी विचारधारा की दिशा में बढ़ रहा है।

फिर विज्ञान कहता है कि कोई भी विद्यमान वस्तु शून्य से नहीं आती, और कारणभूत वस्तु में जितनी शक्ति है, उतनी ही हम कार्य में अन्य रूप से पा सकते हैं। इसी वैज्ञानिक सिद्धान्त के अनुसार यदि भगवान बुद्ध, ईसा मसीह जैसे महानुभाव सूक्ष्म जीव के विकास हों, तो यह सिद्ध होता है कि बुद्ध या ईसा बनने की शक्ति उस सूक्ष्म जीव में पहले से ही अंतर्निहित थी अर्थात सभी जीवों में ब्रह्मया आत्म-शक्ति अंतर्निहित है और क्रमविकास के से जैसे-जैसे निसर्ग और प्राणिशरीरों का विकास होता जाता है, उसी मात्रा में अंतर्निहित दिव्यात्मता की अभिव्यक्ति भी होती जाती है। मनुष्य शरीर में हम बुद्धिपूर्वक यौगिक साधना से शरीर-इन्द्रिय-मनों को सात्विक बनाकर शीघ्रता से आत्मसाक्षात्कार कर सकते हैं।

इस प्रकार क्रमविकासवाद स्वामीजी की वैदान्तिक व्याख्या के अनुसार समस्त धर्म जीवन का साधक बन जाता है, ना कि बाधक। अनन्त शक्ति का आधार दिव्य आत्मा आकीट-अवतार पर्यन्त प्रत्येक जीव में निहित है, जो क्रमविकास से प्रकाश में आता है। उपनिषद्रों की वाणी है :

अणोरणीयान् महतो महीयान् आत्मा अस्य जन्तोः निहितो गुहायाम्।
तमक्रतुः पश्यति वीतशोको धातुप्रसादत् महिभानं आत्मनः।।

(अणु से अणुतर और महान से महत्तर यह आत्मा सभी जीवों के हृदय में अंतर्निहित है। इस आत्मा की महिमा को शुद्धचित्त वाले ईश्वर की कृपा से जानकर शोकमुक्त होते हैं।)

6. ईश्वर और प्रकृति

स्वामी विवेकानंद ने विज्ञान और धर्म का समन्वय करते हुए स्पष्ट किया है कि उन दोनों का ध्येय एक ही है - 'एकत्व की खोज' अर्थात ऐसी एक वस्तु की खोज, जिससे और सब कुछ उत्पन्न हो सकता हो। विज्ञान की खोज तभी समाप्त होगी, जबकि उसे ऐसी एक वस्तु मिलेगी, जिससे भौतिक जगत की अन्य सब चीजों का निर्माण हो सके, जो भिन्न-भिन्न अवस्था के रूप मात्र हों और एक चीज को दूसरी में बदला जा सके। धर्म की खोज तब समाप्त होगी, जब ऐसी एक सत्य-वस्तु का आविष्कार हो, जिसकी अभिव्यक्ति समग्र चराचर जगत मात्र हो और जो समस्त जीवों की अंतरात्मा हो। दोनों में अंतर केवल इतना ही है कि विज्ञान की खोज इन्द्रियगोचर बाह्य जगत तक सीमित है और धर्म की खोज है अतीन्द्रिय अंतर्जगत में। ईश्वरानुभव या आत्मानुभव उसका लक्ष्य है, ना कि विषयभोग। विज्ञान प्रकृति या निसर्ग से संबद्ध है, और धर्म प्रकृति के परे प्रकृति के नियामक ईश्वर से।

वेदान्त दोनों का समन्वय करता है। वह दर्शाता है कि एक ही चरम सत्य-सत्-चित्-आनन्द स्वरूप-जिसे 'ब्रह्म' यानी 'अनन्त' कहते हैं, देश-काल-निमित्तरूपी (Space-Time-Causation) माया के माध्यम से ईश्वर-जीव-जगत के रूप में प्रतिभासित होता है। देश-काल-निमित्त के परे वस्तु एक ही है। 'एक' भी नहीं कह सकते हैं, वह 'अनेक' की सापेक्षिक संख्या है - इसलिए उसे 'अद्वैत' कहते हैं अर्थात उसके सिवाय दूसरी कोई चीज़ नहीं है। इसका अनुभव मन से परे निर्विकल्प समाधि में होता है।

इसलिए स्वामीजी ने बताया कि वस्तु एक ही है। वैज्ञानिक जिसे प्रकृति (Matter Energy) कहते हैं और धार्मिक जिसे ईश्वर कहते हैं, ये दोनों भिन्न वस्तुएँ नहीं है। शारीरिक दृष्टि से ही अंतर्जगत और बाह्य जगत का विभेद उत्पन्न होता है। ये दोनों एक ही मूलभूत अनन्त सत्ता के दो पहलू हैं। यही

अद्वैत-दर्शन का सिद्धान्त है। इसीलिए अद्वैत धर्म और विज्ञान का दार्शनिक आधार पर समन्वय करता है। स्वामीजी ने कहा, “अद्वैत कहता है परमार्थतः वस्तु एक ही है। जब हम उसे इन्द्रियों के माध्यम से देखते हैं, तब वह हमें भौतिक जगत के रूप में दिखाई देती है। जब मन से देखते हैं, तो वह मनोमय जगत के रूप में दिखाई देती है, फिर हमें देव-देवता, स्वर्गादिलोकों की प्रतीति होती है। और जब हम आत्मा की दृष्टि से अनुभव करते हैं, तब सर्वत्र एक ही दिव्य आत्मा को देखते हैं - 'सर्व ब्रह्ममयं विश्वं' हो जाता है। हम उस सत्य वस्तु को एक ही साथ दो रूपों में नहीं देख पाते। अपनी अवस्था के अनुसार या तो द्वैतात्मक विविध जगत को देखते हैं, या फिर ब्रह्मलीन होकर अद्वैतावस्था में रहते हैं। एक ही साथ दोनों नहीं होते, जैसे कि गहरी नींद में और जागृत अवस्था में एक ही साथ नहीं रह सकते। ब्रह्मज्ञान के पहले, जब तक देहात्मबुद्धि रहती है हम ब्रह्म को विश्व के रूप में ही देखते हैं, और ज्ञान होने पर विश्व को परब्रह्म ही समझते हैं। उसी परब्रह्म की ही हम द्वैतावस्था में ईश्वर के रूप में उपासना-भक्ति करते हैं। अतः जब तक देहबुद्धि रहेगी, तब तक जीव-ईश्वर-जगत या प्रकृति में यह विभेद रहेगा ही। जब आत्मबुद्धि जागेगी, तब केवल अद्वैत ब्रह्म का ही अनुभव होगा”।

7. आकाश और प्राण

आधुनिक विज्ञान की विश्वसृष्टि के बारे में तथा मूलभूत वस्तु या शक्ति (Matter and Energy) से उसके क्रमविकास के बारे में अपनी ही एक विचार-सारिणी है, जो भारतीय पश्चिमी धर्मग्रन्थों के विचारों से एकदम भिन्न हैं, लेकिन भारत में सांख्य-वेदान्त ने जो सृष्टि तत्व और विश्व का विकास प्रस्तुत किया हुआ है, वह आधुनिक विज्ञान से बहुत कुछ मिलता-जुलता है और कुछ अंशों और विचारों में विज्ञान से भी बहुत ही श्रेष्ठ, युक्तिसंगत, और अनुभवगम्य है। विज्ञान की कल्पनाएँ उसके भौतिकवाद की सीमित धारणाओं की कड़ियों में आबद्ध हैं। उन्हें इसी सीमित दृष्टि से ही लेना पड़ेगा और उनका अन्वय भी सापेक्षिक तथा भौतिक क्षेत्र में ही होगा। चरम सत्य के साथ उनका कोई संबंध अभी तक नहीं है।

सृष्टि-क्रम के बारे में सांख्य-वेदान्त के आधार पर नया वैज्ञानिक प्रकाश तत्व पर प्राणतत्व की क्रिया से होता है। विश्व की सभी प्रकार की शक्तियाँ प्राण के ही आविर्भाव हैं तथा सभी 'पदार्थ' आकाश के ही रूप हैं।

आधुनिक वैज्ञानिक कल्पना से इसकी तुलना करते हुए स्वामीजी ने बताया कि आकाश और प्राण तत्वों के साथ विज्ञान के द्रव्य (Matter) और ऊर्जा (Energy) तत्व मिलते-जुलते हैं, पर यह ध्यान में रखना चाहिए कि आकाश और प्राण की कल्पना और क्रिया द्रव्य और ऊर्जा से अधिक व्यापक, पूरक और अर्थपूर्ण हैं। स्वामीजी के समय में - 19वीं शताब्दी के अन्त तक विज्ञान इसी द्वैतावस्था में रुका था। यद्यपि आजकल द्रव्य और ऊर्जा परस्पर विनिमयशील हैं, इसका आविष्कार हुआ है। स्वामीजी ने आगे चलकर बताया कि वेदान्त ने हज़ारों वर्ष पूर्व ही इन दोनों का, आकाश और प्राण का, एक अन्य सूक्ष्मतर तथा व्यापक 'महत्' (Cosmie Mind) तत्व में समन्वय किया है। आधुनिक विज्ञान में ऊर्जा और महत् का अभी तक कोई सम्बन्ध नहीं कल्पित किया गया है। प्राण और आकाश, महत् यानी समष्टि मन के ही दो स्वरूप हैं। महत् के परे आत्मा है, उसी से समस्त सृष्टि का उद्गम होता है। आत्मा के अस्तित्व का आभास सभी को अपनी 'अहमिका' से होता रहता है, यद्यपि लोग देहात्मबुद्धि के कारण उसे नहीं पहचानते। सुषुप्ति अवस्था में जगत आत्मा में लय हो जाता है। और जागते ही प्रथम मन आता है, फिर शरीर और विश्व का ज्ञान। सृष्टि-स्थिति-लय स्थान आत्मा ही है। आधुनिक विज्ञान यह नहीं बता सकता कि द्रव्य और ऊर्जा कहाँ से आए और कहाँ स्थित हैं। और भी अनेक मौलिक प्रश्नों का उत्तर आधुनिक विज्ञान दे नहीं पाता, यद्यपि इन्द्रियगोचर अपने द्वैत क्षेत्र में उसकी दौड़ बड़ी लम्बी-चौड़ी है।

यह विश्व समष्टि-मन या महत् का ही विकार है। इसीलिए मनोवृत्तियों के अनुसार हमारी विश्व की कल्पना भी बदलती जाती है। जब मन विकार रहित होगा, तब वह आत्मस्थ होगा अर्थात शुद्ध अविकृत मन और आत्मा एक ही है। सृष्टि उन्मुख आत्मा से ही समष्टि मन की अभिव्यक्ति होती है, जैसे समुद्र में तरंग। समष्टि मन संयुक्त आत्मा यानी ब्रह्म को ही ईश्वर तथा परमात्मा कहा जाता है और उसको जगत का सृष्टिकर्ता कहते हैं। व्यष्टि मन संयुक्त आत्मा को ही जीव या जीवात्मा कहा जाता है, जो ईश्वर का अंश है और उसके अधीन है। यह विश्व महत् तत्व का विकार तथा सदा परिवर्तनशील और नश्वर होने के कारण वेदान्त विश्व को 'माया' या मिथ्या कहता है, क्योंकि माया देश-काल-निमित्तात्मक है और समस्त विश्व उसके अन्तर्गत है। वस्तुतः समस्त विश्व, महत्, माया सभी अद्वैत-आत्मा या ब्रह्म ही है। ब्रह्म ही सत्यवस्तु है। शेष सब ईश्वर स्वरूप में उसी की लीला है।

8. अद्वैत और माया

'माया' का अर्थ साधारणतः लोग इन्द्रजाल या जादू के अर्थ में लेते हैं और अर्थ में इस जगत को 'माया' समझते हैं। यह बिलकुल भूल है। माया ब्रह्म की एक अनिर्वचनीय सृष्टि-शक्ति है। उसके मुख्यतः दो पहलू हैं - आवरण-शक्ति और विक्षेपणशक्ति। माया की आवरण शक्ति से सत्यवस्तु का स्वरूप आवृत होता है अर्थात हमारे मनों से छिपा या ढका रहता है। उसके अनन्तर उसकी विक्षेप शक्ति द्वारा प्रपंच का विस्तार होता है, अर्थात ब्रह्म विश्व के रूप में प्रतिभासित होता है, जैसे कि निद्रा से हमारा असली रूप ढक जाता है और स्वप्न प्रपंच की सृष्टि होती है। जब तक जागे रहते हैं, स्वप्न प्रपंच की सृष्टि हो नहीं सकती और जागने पर स्वप्न प्रपंच का लय हो जाता है। इसी प्रकार जब सत्य स्वरूप और ब्रह्म का ज्ञान होता है, तो दृश्य प्रपंच का विलय हो जाता है और ब्रह्म ही रह जाता है।

मनुष्यों के व्यक्तित्व का प्रपंच के विस्तार के बाद ही उद्भव होता है। इसलिए माया की विक्षेप शक्ति द्वारा प्रपंच का जो विस्तार होता है, इसका अनुभव हमें नहीं होता, लेकिन आवरण शक्ति से सत्य का स्वरूप ढका हुआ है, यह सभी के अनुभव में है। इसीलिए माया के परे गए बिना कोई सत्य को नहीं जान सकता। अतः सत्य और विश्व के बारे में अपनी मनःस्थिति के अनुसार सभी कल्पना करते रहते हैं। और घड़ी-घड़ी सर्वत्र भ्रांति के द्वारा टकराते रहते हैं। यह सबके अनुभव में है।

स्वामी विवेकानंद ने 'माया' सम्बन्धी अपने पश्चिम में दिए व्याख्यानों में 'माया' की अद्वैत वेदान्त में क्या अवधारणा है, इसे बहुत अच्छी तरह स्पष्ट किया है। उन्होंने बताया कि 'माया' परब्रह्म से जगत की उत्पत्ति के विवेचन के लिए प्रस्तुत एक उपपत्ति मात्र नहीं है, अपितु अनुभूति की वस्तु है। एक अनिर्वचनीय शक्ति है। 'हम क्या हैं और अपने चारों ओर हम क्या देखते हैं - उसका उल्लेख ही माया है'। स्वामीजी ने इसके बारे में कई दृष्टान्त देते हुए कहा, "हम देखते हैं कि हमारा जीवन सर्वत्र द्वन्द और विरोधाभासों से ग्रस्त है। जहाँ सुख है, वहाँ दुख है, जहाँ ज्ञान है, वहाँ अज्ञान है, जहाँ प्रेम है, वहाँ द्वेष है। सर्वत्र सब कुछ सत्याभूत का सम्मिश्रण है। हम सुख के पीछे दौड़ते हैं, दुख ही हाथ लगता है। जैसे-जैसे हमारे सुख के साधन बढ़ते हैं, उससे अधिक हमारे दुख के साधन भी"। आधुनिक विज्ञान इसका

एक स्पष्ट दृष्टान्त है। विज्ञान की प्रगति के साथ अज्ञानता भी बढ़ती जा रही है। विज्ञान एक समस्या को सुलझाता है, तो फिर दस नवीन समस्याओं में हमें उलझाता है। समस्याएँ बढ़ती ही जा रही हैं। सर्वत्र भय और संघर्षों का विस्तार हो रहा है। हमारी सभ्यता अधिक विकसित होने पर भी हम अपने पूर्वजों से कहीं अधिक सुखी हैं, ऐसा नहीं कह सकते। हमारे मन में अनन्त जीवन की आशा भरी है, पर हमें हर घड़ी मृत्यु का भय रहता है। हम पूर्ण स्वतन्त्रता की लालसा करते हैं, पर हर कदम में और भी अधिक बन्धन का अनुभव करते हैं। हम सब आशा रखते हैं कि हम सब कुछ जान सकते हैं, पर कुछ आगे बढ़ने पर हमारी विचार की गति रुक जाती है। एक अभेद्य अज्ञान की दीवार सामने खड़ी हो जाती है, हम विश्व का उपभोग करना चाहते हैं, लेकिन हम ही उपभुक्त हो जाते हैं, रोगों के शिकार हो जाते हैं। हमारी आशाएँ, भावनाएँ और हमारा ध्येय हर घड़ी बदलता रहता है। शरीर-मन की अवस्था और देश-काल की परिस्थिति के अनुसार हमारी कल्पनाएँ बदलती रहती हैं। बचपन में एक प्रकार सोचते हैं, तो यौवन वृद्धावस्था में अन्य प्रकार से। नर होने से एक प्रकार, नारी होने से अन्य प्रकार से, मानव होने से एक प्रकार से, जानवर होने से अन्य प्रकार से, और अपने देश और धर्म की दृष्टि से भी भिन्न-भिन्न प्रकार से सोचते हैं। इस प्रकार सर्वत्र विरोधाभास तथा द्वन्द्ध देखने पर भी 'क्यों या कहाँ?' ना जानते हुए मानो अर्धनिद्रावस्था में जीवन में चलते और भटकते जाते हैं। किसी चीज़ का सही अर्थ हमारी समझ में नहीं आता, मानो कोई अनिर्वचनीय शक्ति हमारे मन को एक यवनिका के रूप में घेरे है और हमसे सत्य को छिपा रही है - यह अनिर्वचनीय आवरण शक्ति ही 'माया' है।

तो इससे यह स्पष्ट होता है कि 'माया' का अर्थ यह नहीं कि विश्व का अस्तित्व नहीं है, बल्कि वह एक अनिर्वचनीय शक्ति का खेल है और विश्व का कोई निश्चित रूप नहीं है। गीता में भी कहा है - 'न रूपम् अस्य इह तथा उपलभ्यते, न अन्तो न च आदिः न च संप्रतिष्ठा' (अध्याय 15)। 'हम यह भी देखते हैं कि इसका रूप और अर्थ हमारे मन और इन्द्रियों की अवस्था के अनुसार बदलता जाता है। यदि हमारे पास एक छठी ज्ञानेन्द्रिय हो, तो हम विश्व को एक दूसरे ही रूप में देख पाते। हमारा मन सुख से भरा हो, तो हम विश्व को सुख स्वरूप मानते हैं, हम दुखी हों, तो विश्व को दुखमय मानते हैं। आदमी और पशु की विश्व की कल्पना अलग-अलग ही

है। जन्म से बिलकुल अन्धे और बाधिर की विश्व की कल्पना हमारी कल्पना से सर्वथा भिन्न ही होती है। हमारी कल्पना बाल्यकाल से ज्ञानाभिवृद्धि के अनुसार हर घड़ी बदलती जाती है। इसी प्रकार जो पूर्णज्ञानी हैं, उनके लिए यह विश्व पूर्ण ब्रह्मस्वरूप ही है।

यद्यपि समस्त विश्व ब्रह्म ही है, उसकी माया की विक्षेप-शक्ति से जो प्रपंच का विस्तार होता है, उसमें एक क्रमविकास है, जैसे कि एक उपन्यास जो उपन्यासकार की मन की सृष्टि है, उसमें भी एक विन्यास क्रम होता है। मायाशक्ति जब सृष्टि उन्मुख होती है, तब वह त्रिगुणात्मिकता प्रकृति कहलाती है। माया की आवरण-शक्ति जो सत्यस्वरूप ब्रह्म को छिपा देती है, वह तमोगुणी बनती है, विक्षेप शक्ति जो प्रपंच का विस्तार करती, वह रजोगुणी बनती है और जगत की स्थिति शक्ति जो ब्रह्म के जगत में अन्तर्निहित रहने के कारण उद्भव होती है, वह माया से संयुक्त होकर सत्वगुण होती है। इस त्रिगुणात्मिका प्रकृति के सत्वगुण से महत् यानी समष्टिमन की अभिव्यक्ति होती है और महत् के साथ तमोगुण के संयोग से आकाश और रजोगुण के संयोग से प्राण की अभिव्यक्ति होती है। सृष्टि के कार्य में महत्-प्राण-आकाश एक त्रिकोण-शक्ति के समान संयुक्त रूप से क्रियात्मक होते हैं और सदा इनके कार्यों के सभी स्तर पर अन्तर्निहित ब्रह्म की प्रेरणा रहती है।

अब महत् को आधार बनाकर इस त्रिकोण से ज्ञानेन्द्रिय और मनोबुद्धि-अहंकार-चित्त तत्वों की सृष्टि होती है, प्राण को आधार बनाकर जीवनी-शक्ति और सब प्रकार की अन्य नैसर्गिक शक्तियों की (ऊर्जा इत्यादि) तथा कर्मेन्द्रियों की सृष्टि होती है और आकाश को आधार बनाकर पंचभूतों, पंचभूतात्मक विश्व और सभी प्रकार के शरीरों की सृष्टि होती है। आकाश सभी चीज़ों को रहने का अवकाश देकर 'देश' का काम भी करता है, प्राण सभी चीज़ों को चलन व लय की गति देकर 'काल' का काम भी करता है और महत् सभी में मन का काम करते हुए 'निमित्त' का काम भी करता है। इस प्रकार संक्षेप में सभी चराचर विश्व की सृष्टि होती है। जैसे गीता में भी कहा गया है कि ये तीनों गुण सर्वत्र सदा सम्मिलित ही रहते हैं, लेकिन उनका परस्पर विनिमय हो सकता है, जैसे कि पानी-बर्फ-वाष्प का। सत्व की साधना द्वारा प्रवृद्धि होने से तब, सत्व निर्मित होने के कारण, सत्य वस्तु का ज्ञान होकर मनुष्य मुक्त होता है, क्योंकि सभी में ब्रह्म ही जीव रूप में है।

ऐसे विस्तृत, युक्तिसंगत और अनुभवगम्य सृष्टि तत्व के विचार आधुनिक विज्ञान में नहीं हैं। वह केवल ऊर्जा से भौतिक प्रपंच के विकास के बारे में ही गवेषणा करता है। आधुनिक विज्ञान विश्व के मूल में एक 'चित्-शक्ति' को ना मानने के कारण, विश्व की उत्पत्ति अचानक ही (By Chance) हुई मानता है। मनुष्य जीवन का कोई उद्देश्य भी नहीं मानता। खैर।

उपरोक्त सृष्टि क्रम से यह स्पष्ट है कि 'संसार तीन काल में नहीं है' यह माया का अर्थ नहीं है, बल्कि इस विश्व का परमार्थ स्वरूप ब्रह्म ही है। वही अपनी अनिर्वचनीय मायाशक्ति से विश्व के रूप में-जीव-जगत-ईश्वर के रूप में-जगन्नाटक रूपी लीला करते हैं। शक्ति और शक्तिमान अभिन्न हैं। इसलिए माया भी ब्रह्म ही है, कोई द्वितीय वस्तु नहीं है। सृष्टि के अन्तर्गत ही माया का बोध होता है। ब्रह्मज्ञान होने पर नहीं होता, जैसे कि अग्नि को उसकी दाहिका शक्ति स्पर्श नहीं करती, अन्य ही उसका अनुभव करते हैं। ब्रह्म को ही हम माया-कल्पित देश-काल-निमित्त के माध्यम से विचित्रता से भरे विश्वरूप में देखते हैं। और ब्रह्म ही सभी में अन्तरात्मा के रूप में विश्व का अनुभव करता है।

मनुष्य अर्थात जीव, अपनी देहादि उपाधियों से तादात्म्य के कारण अपने एक सीमित व्यक्तित्व की कल्पना करता है, इसलिए एकत्व को भूलकर नानात्व में फँस जाता है और द्वन्द्व और विरोधाभासों का सर्वत्र अनुभव करता है। जब हम इस अज्ञान-कल्पित सीमित व्यक्तित्व को त्यागकर सर्वत्र अद्वैत का दर्शन करते हैं, सर्वात्मभाव को प्राप्त होते हैं, तब माया हमें नहीं बाँधती। ईशोपनिषद् कहता है :

"यस्तु सर्वाणि भूतानि आत्मन्येवानुपश्यति।
सर्वभूतेषु च आत्मानं ततो न विजुगुप्सते।।
यस्मिन् सर्वाणि भूतानि आत्मैव अभूत् विजानतः।
तत्र को मोहः कः शोकः एकत्वम् अनुपश्यतः।।"

(जो सर्व जीवों को अपनी आत्मा में देखता है और अपनी आत्मा को समस्त जीवों में, वह किसी से घृणा नहीं करता। जिस ज्ञानी पुरुष में सभी जीव उसके ही आत्म-स्वरूप बन गए हैं, उस महात्मा के यहाँ, जो सर्वत्र एकता को ही देखता है, शोक और मोह के लिए स्थान कहाँ?)

'नेति' 'नेति' ब्रह्म साक्षात्कार का पूर्वार्ध मात्र है। उसकी परिपूर्णता 'इति' 'इति' में, 'सर्व खलु इदं ब्रह्म' 'ब्रह्मैव इद्र सर्व विश्वमिदं वरिष्ठं', अद्वैत में होती है।

इस अद्वैत तत्व का समाज पर कैसा प्रभाव पड़ेगा? स्वामीजी ने बताया है कि सर्वात्मत्व प्रतिपादक अद्वैत ही समस्त नीति तत्वों और सदाचार-विचार-व्यवहारों का मूलाधार है। अद्वैत कहता है सभी नर-नारियों के रूप में एक ही सत्यवस्तु अभिव्यक्त हुई है :

"त्वं स्त्री, त्वं पुमान् असि, त्वं कुमार उत वा कुमारी।
त्वं जीर्णों दंडेन विचरसि, त्वं जातो भवसि विश्वतोमुखः।।

(तुम ही स्त्री हो, तुम ही पुरुष, तुम ही कुमार और कुमारी भी। तुम ही बूढ़े के रूप में लाठी पकड़े विचरण करते हो, तुम ही सर्वत्र सर्वदिशाओं में अनन्त रूप में अभिव्यक्त हुए हो।)

स्वामीजी ने संक्षेप में बौद्ध-दर्शन और अद्वैत-दर्शन की सारभूत तुलना करते हुए कहा, "बौद्ध-दर्शन कहता है कि इस विश्व को 'वितथा' (Illusion) के रूप में देखो, लेकिन अद्वैत वेदान्त कहता है कि इस 'वितथा' के भीतर विद्यमान 'तथात्व' का, परमार्थ सत्य का साक्षात्कार करो"।

आचार्य शंकर ने भी स्पष्ट किया है कि हमें यह भूल नहीं करनी चाहिए कि वेदान्त-दर्शन में सृष्टिवाद या मायावाद का लक्ष्य इस विश्व के सत्यत्व या मिथ्यात्व की स्थापना के लिए नहीं, बल्कि आत्मैकत्व, सर्वात्मत्व, तथा अद्वयब्रह्म के प्रतिपादनार्थ है। आचार्यजी ने अपने ऐतरेय उपनिषद् के भाष्य में कहा है :

"न हि सृष्टि-आख्यायिकादि परिज्ञानात् किंचित् फलम् इष्यते।
ऐकात्म्य-स्वरूप परिज्ञानातु अमृतत्वं फलं सर्वोपनिषत् प्रसिद्धम्।।"

(विश्व सृष्टि के बारे में विविध विचार रूपों कहानियों के परिज्ञान से कोई आध्यात्मिक फल नहीं प्राप्त होता, किन्तु, 'सर्वत्र एक ही आत्मा विद्यमान है, सभी उसी आत्मा के स्वरूप हैं, इस अनुभवी पूर्णज्ञान से अमृतत्व प्राप्ति का फल मिलता है, यह सभी उपनिषद्रों में बताया गया है, यह सुप्रसिद्ध है।)

VII

नवभारत के पथ-प्रदर्शक

गत अध्यायों में हमने देखा कि स्वामीजी ने भारतीय संस्कृति के पुनर्जीवन के लिए क्या किया, राष्ट्र-निर्माण के क्षेत्रों में उनका प्रयत्न कैसा था, भारतीय जीवन प्रवाह को उन्होंने किस प्रकार गतिशील बनाने और उसे एक नया मोड़ देने का प्रयास किया, भारतीय धर्म और दर्शन को विश्व के अन्वय में कैसे प्रगतिशील बनाया और सांख्य-वेदान्त और चतुर्विध योगों का पाश्चात्य देशों में किस प्रकार आधुनिक परिप्रेक्ष्य में प्रचार किया। इस कार्यावली की पृष्ठभूमि में स्वामीजी का उद्देश्य तथा प्रयत्न एक नवीन सर्वतोमुखी विश्व संस्कृति (Complete Civilization) और उसके उपासक नवमानव का निर्माण था। स्वामीजी से पूर्व भी कई भारतीय और विदेशी मनीषियों ने पश्चिम में अपने ग्रन्थों से वेदान्त का प्रचार किया था, परन्तु वह सीमित क्षेत्र में दार्शनिक स्तर पर था। स्वामी विवेकानंद ने ही सर्वप्रथम वेदान्त का सामाजिक स्तर पर आनुष्ठानिक रूप में सामान्य जनता में भी प्रचार किया और वेदान्त के महान आदर्शों को सर्वमान्य तरीक़े से विश्व के सामने प्रस्तुत किया। इतना ही नहीं, इन आदर्शों की सिद्धि के लिए एक कार्यकारी रूपरेखा भी प्रस्तुत की। अब विश्वभर में धीरे-धीरे स्वामीजी का यह नवीन आदर्श जागृत हो रहा है।

1. नव-मानव के आदर्श-विवेकानंद

स्वामी विवेकानंद स्वयं इस नव-आदर्श और नव-मानव के मूर्त स्वरूप थे। उनके विलक्षण व्यक्तित्व में बहुत-सी विचारधाराओं और विविध गतिविधियों का समावेश था। वह एक अपूर्व परिपूर्णता से भरा था और भिन्न-भिन्न प्रकार

के, स्वभाव के, स्तर के लोग-साहित्यिक हो या वैज्ञानिक, कलाविद् हो या कर्मकुशल, धार्मिक हो या दार्शनिक, स्त्री हो या पुरुष उनके मिलने पर प्रगाढ़ रूप से प्रभावित होते थे और उनको आदर-गौरव की दृष्टि से देखते थे। रोमा रोलाँ ने स्वामीजी के इस सर्वतोमुखी प्रतिभापूर्ण व्यक्तित्व का वर्णन करते हुए उनकी जीवनी में (Vivekananda and The Universal Gospel) लिखा है :

> "सन्तुलन तथा समन्वय-इन दो शब्दों में विवेकानंद की रचनात्मक प्रतिभा का संक्षेप में उल्लेख किया जा सकता है। चरम आध्यात्मिक पंथ से लेकर अतीव कर्मकुशल पंथ तक के सभी धर्म मार्गों को उन्होंने अपनाया था-सम्पूर्ण योग-चतुष्टय, अर्थात कर्म, भक्ति, ध्यान और ज्ञान योग; त्याग और सेवा, कला और विज्ञान; धर्म और कर्म। हर एक मार्ग की अपनी सीमा थी, लेकिन स्वयं उन्होंने उन सभी मार्गों का अनुक्रमण किया था तथा स्वयं में सभी को समाविष्ट किया था। एक चतुरश्वी रथ के चतुर सारथी की तरह उन्होंने सत्य के चारों महापंथों की कमान को अपने हाथों में रखा था तथा उन चारों पंथों से एक ही समय में एकत्व की ओर यात्रा की थी। वे समग्र मानव-शक्तियों के समन्वयात्मक पिंडीकृत मूर्त-स्वरूप थे"।

मनुष्य के हृदय से संग्राम मचाने वाले परस्पर भिन्न विचारों का समन्वय स्वामीजी ने अपने जीवन में किया था। इसके साथ ही एक द्वितीय-बुद्ध की तरह उनका विशाल तथा करुणापूर्ण हृदय अगाध मानव प्रेम से भरा था। उन्होंने एक पत्र में निवेदिता को लिखा था (7 जून, 1896) :

> "मेरा आदर्श थोड़े से शब्दों में कहा जा सकता है और वह है-मनुष्य जाति को उसके दिव्य स्वरूप का परिचय करा देना, तथा जीवन के प्रत्येक क्षेत्र में उस दिव्यता को अभिव्यक्त करने का उपाय बताना। एक बात जो मैं सूर्य के प्रकाश की तरह स्पष्ट देखता हूँ, वह यह कि अज्ञान ही दुख का मूल कारण है, और कुछ नहीं। जगत को कौन प्रकाश देगा? बलिदान ही भूतकाल में नियम था, और हाय! युगों तक यही नियम रहेगा। संसार के वीरों तथा सर्वश्रेष्ठ पुरुषों को 'बहुजन हिताय, बहुजन सुखाय'

अपना बलिदान करना होगा। असीम दया और प्रेम से परिपूर्ण सैकड़ों बुद्धों की आवश्यकता है"।

"संसार के धर्म प्राणहीन व्यंग्य विषय बन गए हैं। जगत को चाहिए चरित्र, सच्चरित्र! संसार को ऐसे लोग चाहिए, जिनका जीवन स्वार्थहीन ज्वलन्त प्रेम का उदाहरण हो। वह प्रेम एक-एक शब्द को वज्रपात को समान प्रभावशील बना देगा। 'साहसी' शब्दों की और उससे अधिक साहसपूर्ण कर्मों की हमें आवश्यकता है। उठो, उठो, महात्मन, संसार दुख से जल रहा है। क्या तुम सो सकते हो? हम बार-बार पुकारें, जब तक सोते हुए देवता ना जाग उठे, जब तक अन्तर्यामी ईश्वर उस पुकार का उत्तर ना दें। जीवन में और क्या है? इससे महान कर्म क्या है?"

स्वामीजी ने शिकागो महानगरी से सितम्बर 1894 में श्री हरिदास बिहारीदास देसाई, दीवान जूनागढ़, को अपने पत्र में लिखा :

"मैं इस निष्कर्ष पर पहुँच गया हूँ कि संसार में केवल एक ही देश है, जो धर्म क्या है, यह समझ सकता है-वह देश है भारत। हिन्दू, अपने सभी दोषों के बावजूद, नैतिकता एवं आध्यात्मिकता के क्षेत्र में दूसरे सभी राष्ट्रों से बहुत ऊँचे हैं। भारत माता के सभी निःस्वार्थ सुपुत्रों की समुचित सावधानी, उनके अथक प्रयास तथा निरन्तर परिश्रम से पाश्चात्य देशों के कुछ वीरोचित तथा क्रियाशील गुणों को हिन्दुओं के शांत स्वभावी सद्गुणों के साथ मिलाते हुए एक ऐसे मानव-समुदाय की सृष्टि की जा सकती है, जो इस संसार में अब तक प्रकट हुई किसी भी मानव-जाति से अधिकाधिक श्रेष्ठतर होगा"।

स्वामी विवेकानंद प्राच्य और पाश्चात्य, प्राचीन और अर्वाचीन तथा श्रद्धा-विश्वास और युक्ति-विचार के केन्द्र थे। वे जितने ऊँचे ज्ञानी थे, उतने श्रेष्ठ कर्मी भी थे। जितने ध्यान में लीन हो सकते थे, उतने ही भक्ति में तन्मय हो जा सकते थे। जगद्धिताय के लिए उनका जीवन उत्सर्ग किया हुआ था। इस प्रकार के भारतीय संस्कृति के मूर्तरूप और विश्व-संस्कृति के

मिलन-भूमि-स्वरूप स्वामी विवेकानंद नव भारत के लिए पथप्रदर्शक उज्ज्वल महादीप स्तम्भ हैं। भारतीयों के लिए उनका सर्वतोमुखी व्यक्तित्व और व्यापक उदात्त विचार अपने जीवनगठन और राष्ट्रनिर्माण एवं इतिहास प्राप्त विश्व के प्रति अपने कर्तव्य की पूर्ति के लिए एक अमोघ आदर्श हैं। और विशेषता यह है कि यह आदर्श भारतीय परम्परा के परिपूर्ण और विशाल सांस्कृतिक धारा से अविच्छिन्न हैं।

यहाँ एक प्रश्न उठ सकता है कि इस प्रकार की सार्वजनीन विश्व संस्कृति तथा उसके उपासक एवं परिपूर्ण मानव का आदर्श क्या साध्य है? आधुनिक समाज में क्या इसको कार्यान्वित किया जा सकता है? इसके उत्तर में स्वामीजी ने कहा था :

> "सत्य किसी समाज के सामने, चाहे वह पुरातन हो या नूतन, नहीं झुकेगा। समाज को यदि जीवित रहना है, तो उसे सत्य का अवलंबन अवश्य करना चाहिए। समाज को सत्य के ढाँचे में ढलना चाहिए, ना कि सत्य को समाज के अनुकूल बदलना है। 'वही समाज श्रेष्ठतम है जिसमें सर्वोच्च सत्य अनुष्ठित होते हैं'। मेरा मत है कि यदि समाज अति उच्च सत्यों को जीवन में कार्यान्वित करने में असमर्थ है, तो समाज को उस योग्य बनाओ। यह जितना शीघ्र हो सकता है, उतना ही श्रेयस्कर है। उठो, नर-नारियों, इस विश्वास से खड़े हो जाओ, सत्य में अचल श्रद्धा रखने का साहस करो, उसको अनुष्ठान में लाने का धैर्य रखो"।

2. अनेकता में एकता और सार्वभौमिकता

सत्य पर प्रतिष्ठित समाज के निर्माण का अर्थ यह नहीं कि सभी को एक जैसे बना देना, जो कुछ धर्मावलम्बियों का लक्ष्य होता है। भारतीय धर्म और संस्कृति का मूल-मन्त्र है 'एकंसत्, विप्राः बहुधा वदन्ति'। स्वामीजी ने बताया कि एक ही प्रकार के नियम सभी के अनुकूल नहीं होते, क्योंकि सभी मनुष्य अपनी प्रगति और परिणाम में समान नहीं होते। हमारा कर्तव्य है सत्य का, जीवन-प्रदायक तत्वों का प्रचार-प्रसार करना। जनता आवश्यकतानुसार

उपरोक्त उच्च आदर्श के आचरण में उनका प्रयोग कर ले। सम्पूर्ण समता और एकत्व केवल आत्मा में ही है। नैसर्गिक स्तर पर हम एकता को केवल 'अनेकता में एकता' के रूप में ही पाते हैं, पर सभी में समत्व और समदर्शन की दृष्टि रखनी चाहिए, जैसे कि एक सत्-परिवार में होती है। इसलिए हमें सबकी विशेषताओं को मानकर अपनी-अपनी आवश्यकतानुसार सोचने, समझने और सत्य का अवलंबन करने का अवसर देना चाहिए। स्वामीजी ने अपने गुरुभाई को अमेरिका से लिखा था :

> "भाई! मैं तुमसे एक बात कहता हूँ-सब कुछ जैसा चल रहा है, चलने दो। केवल इस पर ध्यान रखना कि कोई एक ही विधान सभी को अनिवार्य ना हो जाए। 'भिन्नता में एकता'। देखो कि सार्वभौमिकता किसी प्रकार से बाधित ना हो जाए। इसी एक भावना के लिए, सार्वभौमिकता के लिए आवश्यक है तो और सब कुछ बलिदान करना होगा। चाहे मैं जीवित रहूँ या नहीं; भारत लौट आऊँ या ना आ सकूँ, विशेष रूप से स्मरण रखना कि सार्वभौमिकता का-केवल सहिष्णुता ही नहीं, बल्कि सम्पूर्ण स्वीकृति का, हम पालन तथा प्रचार करते हैं। सावधान रहना, दूसरों के अत्यन्त छोटे अधिकार का भी अतिक्रमण नहीं होने देना। इसी भँवर में बहुत से बड़े-बड़े जहाज डूब गए हैं"।

यह सार्वभौमिकता ही भारतीय संस्कृति का अनूठा गुण है।

3. भारत की एकता के कुछ सूत्र

स्वामी विवेकानंद 'विश्व के लिए भारत का संदेश' नामक पुस्तक लिखना चाहते थे, परन्तु देहत्याग के कारण केवल पुस्तक की रूपरेखात्मक सूचनाएँ ही उपलब्ध हैं। इनमें से भारत की राष्ट्रीय, सामाजिक तथा धार्मिक एकता संबंधी कुछ सूचनाएँ प्रभावशाली हैं। यदि उसी समय से इन पर अमल किया गया होता, तो आज हम भारत की एकता की कई समस्याओं से बच जाते। कहने की आवश्यकता नहीं कि समस्याओं को हमारे बुद्धिमान नेता हमेशा स्वयं पैदा करते हैं, और फिर उनको सुलझाने के निमित्त से विविध प्रकार के कृत्रिम प्रयास करते रहते हैं, जिससे कि वे नेता के रूप में जनता के मनःपटल

पर सदा घूमते रहें। समस्याएँ तो अधिकाधिक उलझती ही जाती हैं। उनकी दृष्टि संकुचित और स्वार्थपूर्ण होती है और समग्र भारत का हित तथा गौरव उनके मन और विचारों को स्पर्श ही नहीं करता। ध्यान रहे कि स्वामीजी ने इन सूचनाओं को उन्नीसवीं सदी के अन्त में लिखा था :

1. भारत में अनेक भाषाएँ हैं, विविध जन-जातियाँ हैं, विभिन्न स्तरों की संस्कृति है तथा नाना प्रकार के धर्म हैं। ऐसी परिस्थिति विश्व में कही नहीं है। इनका समन्वय और एकीकरण करने से ही भारत में राष्ट्रीयता सिद्ध होगी। इसके लिए "एक सामान्य भाषा अतीव आवश्यक है, लेकिन उसके बारे में भी वही त्रुटि होगी कि अन्य सब भाषाओं का विकास अवरुद्ध हो जाएगा। इसका एक ही समाधान है कि एक महान पवित्र भाषा की स्वीकृति, अन्य भाषाएँ, जिसका भिन्न-भिन्न रूप मानी जा सकें। ऐसी भाषा भारत में संस्कृत' ही है। यद्यपि 'द्रविड़' भाषाएँ प्रारम्भ में संस्कृत जन्य हों या ना हों, तथापि दिनोंदिन वे अपनी विशेषता की रक्षा करते हुए इसी आदर्श पर पहुँच रही हैं"।

2. संस्कृत जिस प्रकार भाषाओं की समस्याओं का समाधान है, उसी प्रकार 'आर्यत्व' जन-जातियों का समाधान है, और 'ब्राह्मणत्व' विभिन्न श्रेणियों की प्रगति, संस्कृतियों तथा समस्त सामाजिक और राजकीय समस्याओं का समाधान है। भारत का आदर्श है 'ब्राह्मणत्व'-सम्पत्तिरहित, निःस्वार्थ, स्वाधीन और अपने सदाचारों के माध्यम से स्वनियन्त्रित"।

3. भारत में भी यही प्रश्न उठा (नाना देव-देवियों तथा धर्मों के एकीकरण का) और उसका समाधान मिला-'एकंसत्, विप्राः बहुधा वदन्ति' - इस वेदवाक्य में। यही तत्व भविष्य के समग्र विकास का मूल-मन्त्र है, यही संस्कृति का तोरणद्वार है। इसी दृष्टिकोण का फल है वेदान्त की अद्भुत सर्वधर्म सहिष्णुता और स्वीकृति। इस तरह हमारे सामने सबसे बड़ा प्रश्न है कि भिन्न-भिन्न धर्मों के वैशिष्ट्य तथा स्वतन्त्र अस्तित्व को नष्ट किए बिना उनका एकीकरण तथा समन्वय कैसे किया जाए। कोई भी धर्म, जो किसी एक व्यक्ति या कुछ चन्द व्यक्तियों पर निर्भर करता हो-वे व्यक्ति चाहे इस लोक के हों या स्वर्गादि लोक के, इस

> समन्वय को साध नहीं सकता। एकमात्र अपौरुषेय अद्वैत-दर्शन ही यह कार्य सम्पन्न कर सकता है। और यही उसकी महिमा है कि वह तत्वों का प्रचार करता है, व्यक्तियों का नहीं, फिर भी वह विभिन्न धर्मों के अध्यात्म-संपन्न व्यक्तियों तथा देव-मानवों की जीवन लीला के लिए यथेष्ट अवकाश प्रदान करता है"।

आगे चलकर स्वामीजी कहते हैं, "इस कार्य में सफलता प्राप्ति के लिए हमें पूर्ण परिश्रम करना होगा। कुछ सामाजिक आचार-विचार जो स्मृतियों पर निर्भर करते है, इस कार्य में बाधा डालते हैं। स्मृतियों को काल के अनुसार बदलना होगा, यह प्राचीनकाल से सर्व-सम्मत नियम है"।

यह बात हुई हमारी सांस्कृतिक 'गृहनीति' की, यानी अपने देश और समाज को सर्वांगीण सुदृढ़ करने की। इसके साथ अपनी विश्वव्यापी 'विदेशनीति' की भी नितान्त आवश्यकता है। देश के सामने, जनता के सम्मुख, यदि एक समुचित उच्च आदर्श ना रहे, जिसकी सिद्धि के लिए उसकी निम्नस्तर पर बिखरी हुई सभी प्रकार की भावनाओं और शक्तियों का उच्च स्तर पर केन्द्रीयकरण सम्भव है, तो ऐसी भावनाएँ और शक्तियाँ संकुचित उद्देश्यों की पूर्ति के लिए परस्पर विद्वेष और संघर्ष में मग्न हो जाती हैं। इसलिए उन्हें एक ऊर्ध्वगति प्रदान करने के लिए, उनको व्यर्थ में विनाशकारी बनने से रोककर, सार्थकता की दिशा में केन्द्रीभूत करने के लिए एक उच्च सार्वभौमिक आदर्श होना ही चाहिए। जब देश की जनता इस आदर्श से प्रेरित होती है, तभी लोग अपनी विविधता और संकुचित स्वार्थ को भूलकर परस्पर सहयोग करते हैं आदर्श की सिद्धि के लिए, जैसे कि युद्ध काल में सभी प्रकार के सैन्य दल विजय प्राप्ति के लिए करते हैं।

इस 'विदेश नीति' के बारे में स्वामीजी ने कहा, "वेदान्त के तत्वों का प्रचार केवल भारत में ही नहीं, बल्कि विदेशों में भी होना चाहिए। हमारी विचारधारा व्यक्तियों के द्वारा, या केवल लेखों के द्वारा नहीं, प्रत्येक राष्ट्र की मानसिक रचना और चेतना में प्रविष्ट होना चाहिए। हमारा आदर्श भारतीय आध्यात्मिक शक्तियों के एकीकरण द्वारा विश्व विजय ही है। इसके साथ-साथ भारतीय जनता को पाश्चात्य विज्ञान और तकनीकी विद्या को अपनाना चाहिए। इस प्रकार एक नवीन विश्व संस्कृति का जन्म होगा"।

स्वामीजी के विचार भारतीय परम्परा के आदर्शों तथा भारतीय संस्कृति के हज़ारों वर्षों के संस्कारों के अनुगत थे। भारत में राष्ट्रीय संस्कृति और सामाजिक एकता और संगठन के प्रयास बहु प्राचीनकाल से चलते आ रहे हैं - 'अपनी आध्यात्मिक प्रणाली द्वारा'। निस्सन्देह इसमें यथेष्ट सफलता भी प्राप्त हुई है। इसका निदर्शन विभिन्न जातियों और स्तर की वेशभूषा, उनके आचार-विचार, व्यवहार, धर्म तथा भाषा इत्यादि में पार्थक्य होते हुए भी भारत देश और भारतीय संस्कृति के एकत्व की भावना प्राचीनकाल से सम्पूर्ण देश में चली आ रही है। अनेक घात-प्रतिघातों के बावजूद भारतीय संस्कृति यथावत बनी हुई है, यद्यपि यह सत्य है कि इसमें अनेक दोषों का समावेश हो गया है। एक समय भारतीय संस्कृति महान थी और इतिहास साक्षी है कि विश्व को इस संस्कृति ने बड़ी गहराई से प्रभावित किया था। स्वामीजी इसलिए चाहते थे कि भारत को अपनी सभ्यता तथा संस्कृति के अनुकूल शक्तिशाली, निरोग तथा गतिशील बनाया जाए, जिससे वह विश्व के रंगमंच पर पुनः प्रभावपूर्ण ढंग से विश्व संस्कृति के निर्माण के लिए अपना कर्तव्य पूरा कर सके।

4. शक्ति–मन्त्र की सिंह गर्जना

मनुष्य के विकास में सहायक विशेष गुणों में स्वामीजी ने पहला स्थान 'पौरुष' को दिया है। स्वामीजी के सहज उद्गार हैं - "जैसे-जैसे मेरी आयु बढ़ती जाती है, वैसे-वैसे मुझे अधिकाधिक स्पष्ट हो रहा है कि सब कुछ 'पौरुष' (Manliness) में ही निहित है। यही मेरा नया सन्देश है"। उन्होंने भारतीयों से अनुरोध किया कि दिन-रात यही प्रार्थना करो-हे गौरीनाथ, हे जगदम्बे, मुझे पौरुष दो, मेरी कापुरुषता को दूर करो, हे शक्तिमयी माँ, मेरी दुर्बलता का नाश करो-मुझे मनुष्य बनाओ"।

सभी को शक्तिमन्त्र से जगाने की स्वामीजी की प्रबल इच्छा थी। वे कहते थे कि आज भारतीयों को आवश्यक है गीता की 'क्लैब्यं मास्मगमः पार्थ नैतत् त्वायि उपपद्यते। क्षुद्रं-हृदय-दौर्बल्यं त्यक्त्वा उत्तिष्ठ परंतप' - सिंहगर्जना करते हुए सुदर्शनधारी श्रीकृष्ण की, धनुर्धारी श्रीरामचन्द्र की, और शक्तिमयी माँ काली की उपासना की। "तभी लोग शक्तिशाली होकर तथा दृढ़-संकल्प के साथ कार्यक्षेत्र में उतरेंगे"। भगिनी निवेदिता से उन्होंने एक बार कहा था :

> "मैं केवल एक ही भावना का-केवल शक्ति का प्रचारक हूँ। समस्त वेद-वेदान्त का सार-सर्वस्व उसी एक शब्द में निहित है। भगवान बुद्ध का उपदेश था 'अप्रतिकार' अथवा 'अहिंसा', लेकिन मैं समझता हूँ कि यह उसी उपदेश को सिखाने का श्रेष्ठतर मार्ग है, क्योंकि उस अहिंसा के पीछे भयंकर निर्बलता छिपी थी"।
>
> "अहिंसा परमोधर्मः' बौद्ध धर्म का यह तत्व अत्यन्त हितकारी है, लेकिन लोगों के सामर्थ्य की कुछ भी परवाह ना करते हुए सब पर उसे लागू करने के प्रयत्न में भारत का अनर्थ हुआ है"।

स्वामीजी के विचार में सम्पूर्ण अहिंसा तथा अप्रतिकार त्यागी साधु-संन्यासियों के लिए ही है, जिन्होंने जीवन के सर्वोच्च आदर्श के लिए सब कुछ त्याग दिया है। अन्य लोगों के लिए, विशेषकर गृहस्थों के लिए :

> "अपने शत्रुओं के प्रति गृहस्थ को वीर होना चाहिए। शत्रुओं का प्रतिकार उसे अवश्य करना चाहिए। यह गृहस्थ का कर्तव्य है। एक कोने में बैठकर रोना तथा अप्रतिकार की व्यर्थ बातें करना उसके लिए अनुचित है। अपने शत्रुओं को अपनी वीरता का परिचय ना दे तो वह कर्तव्यच्युत होगा"।

5. स्वधर्म और पुरुषार्थ

यथार्थ में भारतीय संस्कृति सबको अपनी योग्यता, स्वभाव तथा सामर्थ्य के अनुरूप स्वधर्म तथा पुरुषार्थ को चुन लेने की स्वतन्त्रता देती है। मनुष्य की वृत्ति-व्यवसाय, उसकी अवस्था तथा उसकी प्रगति के अनुसार उसका स्वधर्म और साध्य पुरुषार्थ भी बदल जाता है। यह प्रकृति का, प्रत्येक व्यक्ति के गठन पर आधारित नियम है। बालक, युवक और वृद्ध, स्त्री और पुरुष, अज्ञ और सुज्ञ इत्यादि विभिन्न अवस्थाओं में स्वधर्म और पुरुषार्थ एक ही नहीं हो सकते। वर्णाश्रम-धर्म तथा चार पुरुषार्थों की अवस्था इसी नियम पर आधारित है। इसमें अभ्युदय अर्थात लौकिक उन्नति तथा निःश्रेयस आध्यात्मिक साक्षात्कार के लिए प्रवृत्ति तथा निवृत्ति रूप दो मार्ग हैं। तो यह

निर्विवाद है कि "जिस किसी को मुक्त होने की प्रबल इच्छा है, उसे सर्वभाव से अहिंसा में प्रतिष्ठित होना चाहिए। ऐसा जो आदमी अहिंसा में प्रतिष्ठित हो गया है, तो उससे अधिक शक्तिशाली कोई नहीं"। (जैसे कि बाद में गांधीजी के दृष्टान्त से सिद्ध होता है), लेकिन ऐसे उत्कृष्ट मोक्षकामी समाज में बिरले होते हैं। निवृत्ति मार्ग को सब पर लादने का परिणाम क्या होगा? अवश्य हानिकर ही होगा। इसलिए स्वामीजी ने बताया :

> "सभी महान उपदेशकों ने यह सिखाया है कि 'अनिष्ट यानी दुष्टता का प्रतिकार मत करो' (Resist not Evil)। अवश्य अप्रतिकार अति उच्च नैतिक धर्म है, पर हम सब जानते हैं कि यदि कुछ बड़ी संख्या में लोग इस उपदेश को सम्पूर्ण रूप से व्यवहार में लाने की चेष्टा करें, तो सारा सामाजिक ढाँचा ही छिन्न-भिन्न हो जाएगा। दुष्ट लोग हमारी संपत्ति तथा प्राणों पर अधिकार करेंगे। यदि केवल एक दिन के लिए भी इस प्रकार के अप्रतिकार का अनुसरण किया जाए, तो महाअनर्थ खड़ा हो जाएगा। यद्यपि अपने भीतर हम 'अनिष्ट का प्रतिकार मत करो' उपदेश की सत्यता का अनुभव करते हैं और हमें यह बहुत उच्च आदर्श प्रतीत होता है, फिर भी सभी के लिए केवल इसी आदर्श के उपदेश से मानव समाज में बहुत बड़े भाग की उपेक्षा होगी। इससे जनता में बुद्धिभ्रम उत्पन्न होगा कि वे अब तक सर्वदा अधर्माचरण में निरत थे। इस प्रकार सभी कार्यों के प्रति उनके मन में कर्तव्या-कर्तव्य की आशंका जम जाएगी। आत्मग्लानि और मन में सदा दुविधा के कारण उनके मन निर्बल बनेंगे। इसके फलस्वरूप और भी अधिक दुराचारिता पनपेगी"।

6. कर्मकुशलता और अनासक्ति

हमें अपने चरित्र-निर्माण के लिए अनासक्ति और कार्यकुशलता के बारे में ठीक-ठीक समझ होनी चाहिए, अन्यथा अनासक्ति के नाम पर हम आलसी और अकर्मण्य बन जाएँगे। गीता में कहा है - 'योगः कर्मसु कौशलम्'। इस कर्मकुशलता के दो पहलू हैं - बहिरंग और अंतरंग। सभी आवश्यक साधनों को जुटाकर प्रयत्नपूर्वक सुचारू ढंग से कर्म का निर्वाह करना, जिससे कि

कर्म का उद्देश्य भूरिशः सफल हो। यह कर्म की बहिरंग कुशलता है। इसके बावजूद यदि कर्म सफल ना होकर उलटा विफल हो जाए, फिर भी इन दोनों अवस्थाओं में मन की अविचलित साम्यावस्था में रचना - 'समत्वं योग उच्यते' - यह कर्मकुशलता का अंतरंग स्वरूप है। यह आन्तरिक कर्मकुशलता ही अनासक्ति है। यह अनासक्ति निःस्वार्थ भाव से ईश्वरार्पण बुद्धि से कर्म करने से प्राप्त होती है, परन्तु साधारणतः 'अनासक्ति' निष्क्रियता तथा उदासीनता में ही परिणत दिखाई देती है। 'आसक्ति' अनासक्ति का प्रथम सोपान है। आसक्ति और अनासक्ति दोनों साथ-साथ चलनी चाहिए। जो मनुष्य किसी काम में आसक्त हो ही नहीं सकता, जिसमें आसक्त होने की क्षमता ही नहीं है, उसकी अनासक्ति का क्या मूल्य है? इसलिए स्वामीजी ने अपने कर्मयोग पुस्तिका में 'कर्म-रहस्य' को समझाया है :

> "वही व्यक्ति प्रकृति से श्रेष्ठतम फल प्राप्त कर सकता है, जिसमें अपनी पूरी शक्ति से किसी विषय में आसक्त होने के साथ-साथ अनासक्त होने की क्षमता होती है। मुश्किल यह है कि जितनी अनासक्ति की शक्ति है, उतनी ही शक्ति आसक्त होने की भी रहनी चाहिए। एक कर्मनिष्ठ योगी किसी वांछित कर्म में पूर्ण तन्मय होने पर भी अनासक्त रहेगा। कर्म के फलाफल उसे स्पर्श नहीं करते। अनेक लोग किसी भी विषय में आसक्त ही नहीं होते। वे किसी से प्रेम भी नहीं करते। उनका हृदय शुष्क होता है। अवश्य ही वे संसार के दुखों से बच जाते हैं, पर सुखों से भी वे वंचित रहते हैं। वे एक दीवार की तरह हैं। उनके व्यक्तित्व का गठन और विकास भी रुक जाता है। इस प्रकार एक दीवार के सदृश होने की अपेक्षा आसक्त होना ही अच्छा है। हमें एक दीवार की तरह कभी नहीं बनना चाहिए। वह दुर्बलता है, वह मृत्यु है"।

और एक बात यह भी है कि बहुत से लोग नम्रता के नाम पर दासोचित हीन भाव का अनुसरण करते हैं। स्वामीजी ने इस विषय में जोर देकर कहा था ,"मुझे इस प्रकार की दीन-हीन नम्रता पर विश्वास नहीं है, मैं समदर्शित्व को मानता हूँ। सर्वत्र वही एक ईश्वर है - त्वं स्त्री, त्वं पुमानसि, त्वं कुमार उतवा कुमारी'।"

7. सर्वयोग समन्वय–व्यक्तित्व का पूर्ण विकास

विवेकानंद चाहते थे कि मनुष्य की सभी अन्तर्निहित शक्तियों का सर्वतोमुखी पूर्ण विकास हो। लौकिक और आध्यात्मिक ये भेद वे नहीं मानते थे। सारा जीवन ही आध्यात्मिक है। इसीलिए स्वामीजी ने सभी को अपने जीवन में यथासाध्य कर्म, भक्ति, ध्यान और ज्ञान योगों का समन्वय साधने का आग्रह किया है, जिससे कि अपने व्यक्तित्व की क्रियाशक्ति, भावनाशक्ति, मानसिक शक्ति और बुद्धिशक्तियों का पूर्ण विकास हो, अन्यथा हमारी प्रगति एकदेशीय होगी। उन्होंने अपने एक पत्र में लिखा है :

> "मैं तुमसे यहाँ तक सहमत हूँ कि श्रद्धा-विश्वास (Faith) से अपूर्व अन्तर्दृष्टि मिलती है और केवल इनके द्वारा भी मनुष्य मुक्त हो सकता है, पर अधिकांशतः उससे संकीर्णता और कट्टरपन फैल जाने और भविष्य की उन्नति में बाधा पड़ने की आशंका रह जाती है। ज्ञानमार्ग अच्छा है, परन्तु उसके केवल शुष्क वाद-विवाद में परिणत हो जाने का डर रहता है। भक्ति बड़ा ही अच्छा उच्च भाव है, पर उससे निरर्थक भावुकता पैदा होने के कारण असली बात को भूल जाने की संभावना रहती है। हमें इन सभी का सामंजस्य ही चाहिए। श्रीराम-कृष्ण देव का जीवन ऐसा ही सामंजस्यपूर्ण था"।

और एक बार उन्होंने बेलूड़ मठ में युवा संन्यासियों को संबोधित करते हुए लिखा :

> "तुम्हें सतत प्रयत्न करना चाहिए कि तुम्हारे जीवन में अपरिमित आदर्शवाद तथा अत्यन्त व्यावहारिकता का सुन्दर सामंजस्य हो। तुम्हें इस बात के लिए तैयार होना चाहिए कि एक क्षण में तुम गहरे ध्यान में मग्न हो सको, पर दूसरे ही क्षण इन खेतों को जोतने के लिए उद्यत हो सको। अभी तुम शास्त्रों के कठिन तथा दुर्बोध विषयों की व्याख्या कर सको और पर मुहूर्त में ही भक्तिभाव से भजन में तन्मय हो सको, फिर उसी उत्साह से इन खेतों की पैदावार को ले जाकर बाजार में बेच सको। तुम्हें

सर्वत्र सब प्रकार के कर्मों के लिए तैयार रहना चाहिए। तुम्हें इस नयी प्रणाली को, मनुष्य बनाने की इस नवीन कार्यप्रणाली को अपनाना होगा"।

8. मानव–प्रेमी विवेकानंद

स्वामी विवेकानंद के समग्र जीवन और कार्यों का आश्रय था समस्त मानवजाति की उन्नति। उनका मानव पर अविचल विश्वास था। मानव की महिमा की घोषणा करते हुए उन्होंने कहा था :

"मनुष्य की महिमा को कभी भूल मत भूलो। मनुष्य का जन्म प्रकृति पर, निसर्ग पर विजय प्राप्त करने के लिए है, उसका अनुगमन करने के लिए नहीं। मनुष्य तभी तक मनुष्य है, जब तक वह प्रकृति के परे जाने की निरन्तर चेष्टा करता है"।

मानव-प्रेम से भरे उनके हृदय से ये उद्‍गार निकले :

"तुम या मैं मुक्ति प्राप्ति कर लें, इससे जगत का क्या लाभ हुआ? हमें अपने साथ समस्त विश्व को मुक्ति के पथ पर ले जाना होगा। अप्रतिम आनन्द। प्रत्येक जीव-जन्तु तथा विश्व के अणु-परमाणु में आत्मा का साक्षात्कार"।

"बारम्बार मैं जन्म लूँ और हज़ारों दुखों को सहूँ, जिससे कि मैं उसी एक प्रभु की पूजा कर सकूँ, जिसका ही केवल अस्तित्व है और केवल उसी में मेरा विश्वास है-जो सब जीवों का समष्टिरूप है और विशेषकर सभी प्रकार के दीन-दुखी, दुष्ट-दरिद्र, नररूपी नारायण ही मेरा विशिष्ट आराध्यदेव है"।

स्वामीजी ने अपने कार्य के लक्ष्य के बारे में एक पत्र में लिखा, "मुझे अपने इस कार्यावली रूपी यन्त्र को सुदृढ़ तथा कार्यशील अवस्था में देखना है। तदनन्तर यह निश्चित जानकर कि मैं मानव हित के लिए, अन्ततः भारत में एक उत्तोलक दण्ड (Lever) लगा चुका हूँ, जिसे कोई शक्ति पीछे हटा नहीं सकती, मैं भविष्य के बारे में निश्चिन्त होकर सोऊँगा"।

स्वामी विवेकानंद अपने ईश्वरादिष्ट कार्य पूरे करके चले गए और अपने पीछे छोड़ गए हैं - विश्व के लिए, मानव के लिए एक अमर संदेश। अभी भी सोते हुए हमारे कानों में उनकी करुणापूर्ण पुकार उठती है - "उठो, उठो, महात्मन! विश्व दुख से दग्ध हो रहा है, तुम कैसे सो सकते हो? उठो, उठो, जागो अपने लक्ष्य पर पहुँचने तक मत रुको"।

VIII

प्राचीन भारत और नव भारत

1. पाश्चात्य सम्पर्क और जागरण के चिह्न

"भारत का प्राचीन इतिहास एक देवतुल्य जाति की विराट शक्तियों और उनकी नानाविध क्रियाओं, उसकी असीम स्फूर्ति, तेजस्विता, विविध शक्तियों की अदम्य क्रिया और प्रतिक्रियाओं तथा सर्वोपरि उसकी अत्यन्त गम्भीर विचारपूर्णता से भरा है"। इन शब्दों से स्वामी विवेकानंद ने अपना लेख 'आधुनिक भारत की समस्या और उसका समाधान' आरम्भ किया, लेकिन इनको समझकर ग्रहण करने के लिए पाश्चात्य विद्वानों द्वारा प्रचलित इतिहास की कल्पना केवल राजा-महाराजाओं के जीवन और उनके सुकर्म-कुकर्मों के वर्णन और उनकी तारीख यानी साल और दिनांकों की याद में ही प्रायः समाप्त होती है, लेकिन इससे ऊपर उठकर भारत के सुविशाल सागररूपी शास्त्र-साहित्य-दर्शन और वैज्ञानिक ग्रन्थों का व्यवस्थित ढंग से अध्ययन करना चाहिए, यह स्वामीजी ने स्पष्ट किया। तभी वे भारतीय जीवनसागर में उठी महावैचारिक तरंगों और अद्‌भुत कार्यों से परिचित होंगे।

परिश्रमपूर्वक महान उन्नति के शिखर पर पहुँचने के बाद लगता है कि भारत सो गया, जैसे कि महान व्यक्ति भी कर्म से विरत होकर सो जाता है। इस अर्धसुप्त अवस्था में, जब सभी जीवनी-शक्तियाँ कुण्ठित हो जाती हैं, भारतीय जीवन के प्रायः सभी क्षेत्रों में गतिरोध आ गया और भारतीय आत्मविस्मृति के कारण अपने महान व्यक्तित्व को भूल से गए। ऐसी परिस्थिति में भारत विदेशी ताकतों के आक्रमण का शिकार हुआ और अपनी राजकीय और सांस्कृतिक स्वाधीनता को खो बैठा, लेकिन इन आक्रमणों ने

भारत को एकबारगी झकझोर दिया। भारत कुछ जाग उठा और बीच-बीच में महापुरुषों और वीर-पुरुषों ने जन्म लेकर भारत के अस्तित्व, भारतीय संस्कृति और विचारधारा को बनाए रखा। यद्यपि उन्हें बड़े-बड़े घात-प्रतिघातों का सामना करना पड़ा। भारतीय समाज में इसके फलस्वरूप बहुत-सी अच्छी-बुरी प्रतिक्रियाएँ भी दिखाई देने लगीं। स्वामीजी ने अपने 'वर्तमान भारत' लेख में इन सब विषयों का गहरा विमर्शात्मक और ऐतिहासिक विश्लेषण किया है, जिसमें से कुछ अंश हम यहाँ देखते हैं।

2. अँग्रेज़ी शासन के गुण-दोष

"भारत के वर्तमान (1899) राज-शासन में कई दोष हैं, पर साथ ही कई बड़े और हितकारी गुण भी हैं। सबसे अधिक हित यह है - पाटिलपुत्र साम्राज्य के पतन के बाद भारत कभी ऐसे एक केन्द्रीय शासन तन्त्र के नेतृत्व में नहीं रहा, जैसे कि अधुना ब्रिटिश शासन की अधीनता में, जिसके राजदण्ड का प्रभाव समूचे भारत के पूर्व से पश्चिम और उत्तर से दक्षिण, इस छोर से उस छोर तक विस्तृत है। और इस व्यापारी जाति के आधिपत्य में-जब वणिक वृत्ति के स्वाभाविक परिश्रमी उद्यम के कारण दुनिया के कोने-कोने से एक देश का माल दूसरे देश में लाया जाता है, उसके साथ-साथ ही, उसके साहजिक फलस्वरूप, देश-विदेशों के भाव और विचार भी भारत की अस्थि-मज्जा में बलपूर्वक प्रवेश पा रहे हैं। इन भावों और विचारों में कुछ तो बहुत ही लाभदायक हैं, कुछ हानिकारक हैं। इस देश के निवासियों के लिए सचमुच में कौन-सी चीज़ें हितकारी हैं, इसे निश्चित करने में कुछ बातें विदेशियों की अज्ञता और असमर्थता की परिचायक हैं"।

"परन्तु इन गुण-दोषों के भीतर से भविष्य मंगल का स्पष्ट चिह्न भी दिख रहा है कि इन नए सिरे से प्रवेश किए हुए विदेशी राष्ट्रों के विचित्र आदर्शों और भावधाराओं तथा अपने ही प्राचीन राष्ट्रीय आदर्शों के टकराव से उद्भूत क्रिया-प्रतिक्रिया के फलस्वरूप भारतमाता अपनी दीर्घ गहरी सुप्तावस्था से धीरे-धीरे

> जाग रही हैं। प्रथमावस्था में उसकी संतान कुछ भूल-भ्रांतियाँ अवश्य करेगी। करने दो, उसमें विशेष कोई हानि नहीं। हमारे सभी क्रिया-कलापों में भूल-भ्रांतियाँ ही हमारे उत्तम शिक्षक हैं। जो व्यक्ति भूल करता है, लेकिन सावधान रहता है, उसी को सत्य का पथ खुलता है। वृक्ष कभी भूल नहीं करते और ना पत्थर गलती करते हैं, पशु-पक्षी कभी नियम-विरुद्ध आचरण नहीं करते, मनुष्य ही भूल करता है और मनुष्य जाति में ही देवमानव की उत्पत्ति होती है"।

हम लोगों के लिए यदि दूसरे लोग ही बचपन से मृत्यु तक के सब कर्म, और उठने के समय से सोने तक की सारी विचारधारा निश्चित कर दें और राज-शक्ति का दबाव डालकर उन नियमों के कठोर बन्धन से हमें जकड़ दें, तो हम लोगों के लिए सोच-विचार करने को रहा ही क्या? मननशील होने के कारण ही तो हम लोग मनुष्य हैं, मनीषी हैं और मुनि हैं। चिन्तनशीलता का लोप होते ही तमोगुण का प्रादुर्भाव होता है और जड़त्व आ जाता है। इस समय भी धर्म तथा समाज के नेतागण समाज के लिए नियम बनाने मे ही व्यस्त हैं। नित्य नए-नए नियम-कानून बनते रहते हैं तथा उनमें संशोधन होते रहते हैं, वस्तुतः नियमों की कोई कमी नहीं है। आवश्यक नियमों से बँधा समाज अधोगति की ओर बढ़ रहा है, कौन समझेगा इसे?

3. प्राच्य तथा पाश्चात्य संघर्ष

पहले कहा जा चुका है कि विदेशियों के साथ लम्बे संघर्ष के पश्चात भारत जाग चुका है और इस थोड़ी-सी जागृति के पश्चात स्वतन्त्रता का विचार भी प्रस्फुटित हुआ है।

> "एक ओर आधुनिक पाश्चात्य विज्ञान है। उपलब्धियों की दृष्टि से जिसका शक्ति संचय सबके सामने प्रत्यक्ष है और जिसकी चमक-दमक सैकड़ों सूर्यों की ज्योति के समान आँखों में चकाचौंध पैदा कर देती है। दूसरी ओर हमारे पूर्वजों के अपूर्व बलवीर्य, उनकी अतिमानवीय प्रतिभा और देव दुर्लभ अध्यात्म तत्व की अनेक अमर कहानियाँ हैं, जिन्हें प्राच्य तथा पाश्चात्य

> विद्वान समय-समय पर प्रकट कर चुके हैं, जो युगयुगान्तर से सहानुभूति के कारण समस्त समाज के शरीर में शीघ्र दौड़कर बल तथा आशा प्रदान करती है"।

एक ओर जड़ विज्ञान, प्रचुर धन संपत्ति, प्रभूत शक्ति, भौतिकवादी मनोवृत्ति विदेशी साहित्य से विचित्र कोलाहल मचा रहे हैं और दूसरी ओर, इस कोलाहल को चीरते हुए क्षीण, किन्तु मर्मभेदी स्वर से युक्त पूर्वी देवताओं का आर्तनाद सुनाई देता है।

एक ओर हमारे सम्मुख दृश्य आते हैं, जिनमें सुन्दर यान, सुन्दर सुस्वादु भोजन तथा पेय, विचित्र वेशभूषा, भव्य भवन होते हैं। नए-नए उत्तेजक परिधानों में घूमती विदुषी नारियाँ होती हैं, ये सब कितनी वासनाएँ जगाते हैं। दूसरी ओर का दृश्य का एकदम भिन्न गम्भीर तथा शालीनता प्रकट करता है, वह है, सीता तथा सावित्री, व्रत तथा उपवासों से तपः पूत शरीर, तपोवन में वल्कल वस्त्र कौपीन तथा गैरिक वस्त्रों में समाधि की स्थिति तथा आत्मोपलब्धि की सतत चेष्टा"।

एक ओर पाश्चात्य समाज की स्वार्थपरक स्वाधीनता है, दूसरी ओर है, आर्यों का कठोर बलिदान।

उपर्युक्त विषम परिस्थिति तथा संघर्ष में समाज में हलचल तथा उथल-पुथल हो, तो कोई आश्चर्य की बात नहीं होगी। भारत का उद्देश्य है मुक्ति, भाषा, वेद और उपाय है त्याग। वर्तमान भारत मानो एक बार सोचता है कि भविष्य के संदिग्ध परमार्थिक हित के मोह में पड़ कर मैं इस लोक का व्यर्थ ही नाश कर रहा हूँ, फिर मन्त्रमुग्ध की तरह सुनता है :

इति संसारे स्फुटतर दोषः।
कथमिह मानव तव संतोषः।। (आचार्य शंकर)

(संसार में यह सब दोष भरे पड़े हैं। हे मानव! यहाँ पर तुम्हें संतृप्ति कैसे मिल सकती है।)

> "एक ओर नया भारत कहता है कि 'हमें पति-पत्नी चुनने में पूरी स्वतन्त्रता चाहिए, क्योंकि जिस विवाह पर हमारे भविष्य के जीवन का सारा सुख-दुख निर्भर है, उसका हम अपनी इच्छा

से चुनाव करेंगे। दूसरी ओर प्राचीन भारत आदेश देता है कि 'विवाह इन्द्रिय-सुख के लिए नहीं, बल्कि संतान की उत्पत्ति के लिए है। इस देश की यही धारणा है। सन्तान उत्पन्न करके समाज के भावी हानि-लाभ के तुम कारण हो। इसलिए जिस प्रणाली से विवाह करने में समाज का अधिकाधिक कल्याण होना सम्भव है, वही प्रणाली समाज में प्रचलित है। तुम समाज के सुख के लिए अपने सुख भोग की इच्छा त्यागो'।"

"एक ओर नया भारत कहता है कि पाश्चात्य भाव, भाषा, खान-पान और वेशभूषा का अवलंबन करने से ही हम लोग पाश्चात्य जातियों की तरह शक्तिमान हो सकेंगे। दूसरी ओर प्राचीन भारत कहता है कि 'मूर्ख! नकल करने से भी कहीं दूसरों का भाव अपना हुआ है? बिना उपार्जन किए कोई वस्तु अपनी नहीं होती। क्या, सिंह की खाल पहनकर गधा सिंह बन जाता है?"

"एक ओर नवीन भारत कहता है कि पाश्चात्य जातियाँ जो कुछ कर रही हैं, वही अच्छा है। अच्छा नहीं हो, तो वे ऐसे बलवान कैसे हुए? दूसरी ओर प्राचीन कहता है कि बिजली की चमक तो खूब होती है, पर क्षण भर के लिए। बालक! तुम्हारी आँखें चौंधियाँ रही हैं, सावधान!"

"तो क्या पाश्चात्य जगत से हमें कुछ भी सीखने को नहीं है? क्या हमें चेष्टा या प्रयत्न करने की आवश्यकता ही नहीं है? क्या हम सब प्रकार से पूरे हैं? क्या हमारा समाज पूर्णतया निश्छिद्र है? - नहीं, सीखने को बहुत कुछ है। प्रयत्न तो हमें जीवन भर करना चाहिए। प्रयत्न ही मनुष्य जीवन का उद्देश्य है। श्रीरामकृष्णदेव कहा करते थे - 'जब तक जीऊँ, तब तक सीखूँ'। जिस व्यक्ति या समाज को कुछ सीखना नहीं है, वह मृत्यु के मुख में जा चुका। सीखने को है, परन्तु भय भी है। एक मंदबुद्धि वाला लड़का श्रीरामकृष्णदेव के सामने सदा शास्त्रों की निन्दा किया करता था। उसने एक बार गीता की बड़ी प्रशंसा की। इस पर श्रीरामकृष्णदेव ने कहा, "जान पड़ता है किसी

अँग्रेज़ विद्वान ने गीता की प्रशंसा की होगी। इसलिए यह भी उसकी प्रशंसा कर रहा है"।

हे भारत! यही विकट भय का कारण है। हम लोगों में पाश्चात्य जातियों की नक़ल करने की इच्छा ऐसी प्रबल होती जा रही है कि भले-बुरे का निश्चय अब विचार, बुद्धि, शास्त्र या हिताहित ज्ञान से नहीं किया जाता। गोरे लोग जिस भाव और आचार की प्रशंसा करें, वही अच्छा है, और वे जिसकी निन्दा करें, वही बुरा! हार रे भाग्य! इससे बढ़कर मूर्खता का परिचय और क्या होगा?

"पाश्चात्य स्त्रियाँ स्वाधीन भाव से घूमती-फिरती हैं, इसलिए वही चाल अच्छी है, वे अपने लिए वर स्वयं चुन लेती हैं, इसलिए वही उन्नति का उच्चतम सोपान है। पाश्चात्य पुरुष हम लोगों की वेशभूषा, खान-पान को घृणा से देखते हैं, इसलिए हमारी ये चीज़ें बहुत बुरी हैं, पाश्चात्य लोग मूर्ति पूजा को बुरा कहते हैं, तो वह भी बड़ी ही बुरी होगी। क्यों ना हो? इसमें क्या सन्देह है?"

"पाश्चात्य लोग एक ही देवता की पूजा को कल्याणप्रद बताते हैं, इसलिए अपने देव-देवियों को गंगा में फेंक दो। पाश्चात्य लोग जातिभेद को घृणित समझते हैं, इसलिए सब वर्णों को मिलाकर एक कर दो। पाश्चात्य लोग बाल विवाह को सब अनर्थों का कारण कहते हैं, इसलिए अवश्य ही वह भी बहुत ख़राब होगा"।

"यहाँ पर हम इस बात का विचार कर रहे हैं कि ये प्रथाएँ चलने योग्य हैं या त्यागने, परन्तु यदि पाश्चात्य लोगों की घृणादृष्टि के कारण ही हमारे रीति-रिवाजों को बुरा साबित करना हो, तो उसका प्रतिवाद अवश्य होना चाहिए"।

"इस लेखक को पाश्चात्य समाज का कुछ प्रत्यक्ष ज्ञान है। इसी से उसका विश्वास है कि पाश्चात्य समाज और भारत-समाज की मूल गति और उद्देश्य में इतना अन्तर है कि पाश्चात्यों के अनुकरण पर गठित समाज इस देश में किसी काम का ना होगा। जो लोग पाश्चात्य समाज में नहीं रहे हैं,

और वहाँ की स्त्रियों की पवित्रता की रक्षा के लिए, स्त्रियों और पुरुषों के आपस में मिलने के जो नियम और बाधाएँ प्रचलित हैं, उन्हें बिना जाने जो अपनी स्त्रियों को पुरुषों से बिना रोक-टोक मिलने देते हैं, उन लोगों से हमारी रत्तीभर भी सहानुभूति नहीं है"।

"पाश्चात्य देशों में भी मैंने देखा है कि जिन दुर्बल जातियों की सन्तानें अब इंग्लैण्ड में जन्म लेती हैं, तो वे अपने को स्पेनिश, पुर्तगाली और यूनानी आदि, जो भी वे हों, वह ना बताकर अँग्रेज़ ही बताती हैं। बलवान की ओर सब कोई झुकता है। दुर्बल मात्र की यह इच्छा रहती है कि बड़े लोगों के गौरव की छटा उसके शरीर को भी कुछ दीप्तिमान करे। भारतवासियों को जब मैं अँग्रेज़ी वेशभूषा में देखता हूँ, तब समझता हूँ कि ये लोग शायद पददलित विद्याहीन, दरिद्र भारतवासियों के साथ अपनी सजातीयता स्वीकार करने में लज्जित होते हैं। चौदह सौ वर्ष तक हिन्दुओं के रक्त से पलकर भी पारसी लोग अब तक 'नेटिव नहीं हैं! जातिहीन, किन्तु अपने को ब्राह्मण समान मानने वालों के अभिजात्य वर्ग के अभिमान के निकट बड़े-बड़े कुलीन ब्राह्मणों की वंश मर्यादा भी विलीन हो जाती है और पाश्चात्यों ने अब हमें यह भी सिखाया है कि यह जो केवल कमर में कपड़ा लपेटते हैं, अज्ञ तथा मूर्ख हैं, ये नीच जाति के हैं, अनार्य जाति हैं! और वे लोग हमारे अपने नहीं हैं!!"

4. भारत की एकता का शक्ति-मन्त्र

"हे भारत! क्या दूसरों की ही हाँ में हाँ मिलाकर, दूसरों की ही विचारहीन नकल करते हुए, परमुखापेक्षी होकर इन दासों की सी दुर्बलता, इस घृणित, जघन्य निष्ठुरता-क्या इनके ही सहारे तुम उच्चाधिकार प्राप्त करोगे? उन्नति के शिखर पर पहुँचोगे? क्या इसी लज्जास्पद कापुरुषता के सहारे तुम वीर-भोग्या स्वाधीनता प्राप्त करोगे?"

"हे भारत! तुम भूलो मत कि तुम्हारी नारी जाति का आदर्श सीता, सावित्री, दयमन्ती हैं, मत भूलना कि तुम्हारे उपास्य सर्वत्यागी उमानाथ शंकर हैं। तुम भूलना कि तुम्हारा विवाह, तुम्हारी सम्पत्ति और तुम्हारा जीवन इन्द्रिय-सुख के लिए, अपने सुख के लिए-नहीं है। तुम भूलना कि तुम जन्म से ही जगन्माता के लिए बलि स्वरूप रखे गए हो। मत भूलना कि तुम्हारा समाज उस विराट महामाया की छाया मात्र है"।

"तुम मत भूलना कि नीच, अज्ञानी, दरिद्र, चर्मकार और झाड़ू लगाने वाले तुम्हारा रक्त, तुम्हारे भाई हैं। हे वीर! साहस का अवलंबन करो। गर्व से बोलो कि मैं भारतवासी हूँ और प्रत्येक भारतवासी मेरा भाई है। बोलो कि अज्ञानी भारतवासी, दरिद्र भारतवासी, ब्राह्मण भारतवासी, चाण्डाल भारतवासी, सब मेरे भाई हैं"।

"तुम भी कटिमात्र वस्त्रावृत्त होकर गर्व से पुकार कर कहो कि भारतवासी मेरा भाई है। भारतवासी मेरे प्राण हैं। भारत की देव-देवियाँ मेरे ईश्वर हैं। भारत का समाज मेरी शिशु-सज्जा, मेरे यौवन का उपवन, मेरे वार्धक्य की वाराणसी है। भाई, बोलो कि भारत की मिट्टी मेरा स्वर्ग है, भारत के कल्याण में मेरा कल्याण है। और रात-दिन कहते रहो - 'हे गौरीनाथ! हे जगदम्बे! मुझे मनुष्यत्व दो, माँ मेरी दुर्बलता और कापुरुषता दूर कर दो, मुझे मनुष्य बनाओ"।

5. भारत के स्वर्णिम भविष्य का आश्वासन और विवेकानंद का भारतवासियों को वीर-आह्वान

"हे भारतवासियों, हे मेरे भाइयों! उठो, जागो, भारतमाता को अपने शाश्वत सिंहासन पर विराजित करो और देखो कि यह हमारी जमीन पूर्वपेक्षा अत्याधिक गौरव-मंडित तथा नवयौवन भरित हो जाए, विश्वास रखो, विश्वास रखो-आदेश निकल गया है, प्रभु की आज्ञा हो चुकी है, भारत का उत्थान अवश्य होगा, दीन-दरिद्र सुखी बनाए जाएँगे"।

"जागो, जागो, लम्बी रात बीत रही है, दिन का प्रकाश हो रहा है। महातरंग उठ रही है, उसके भीषण वेग और प्रबल शक्ति को कोई भी रोक नहीं पाएगा। उत्साह, प्यारे, उत्साह! प्रेम, बच्चों, प्रेम! विश्वास और श्रद्धा-अगर ये रहे तो कुछ भय नहीं। उठो, जागो, कमर कसकर कार्यक्षेत्र में कूद पड़ो। अपने स्वर्णिम लक्ष्य पर पहुँचने तक रुको मत! वाहे गुरु की फतह!"

स्वामी विवेकानंद की वाणी

1. वेदान्त 'पाप' की बात नहीं जानता, वह केवल 'भूल' की बात स्वीकार करता है और उसके मत से, तुम सबसे बड़ी भूल तो तब करते हो, जब तुम कहते हो, "मैं कमजोर हूँ, मैं पापी हूँ, एक दुखी जीव हूँ, मुझमें कुछ भी शक्ति नहीं-मुझमें कुछ भी करने की ताक़त नहीं"।
2. प्राचीन धर्मों ने कहा, "वह नास्तिक है, जो ईश्वर में विश्वास नहीं करता" नया धर्म कहता है, "नास्तिक वह है, जो स्वयं में विश्वास नहीं करता"।
3. क्या तुम पर्वतकाय विघ्न-बाधाओं को लाँघकर कार्य करने को तैयार हो? यदि सारी दुनिया हाथ में नंगी तलवार लेकर तुम्हारे विरोध में खड़ी हो जाए, तो भी क्या तुम जिसे सत्य समझते हो, उसे पूरा करने का साहस करोगे? यदि तुम्हारे पत्नी-पुत्र तुम्हारे प्रतिकूल हो जाएँ, भाग्यलक्ष्मी तुमसे रूठकर चली जाए, नाम-कीर्ति भी तुम्हारा साथ छोड़ दे, तो भी तुम उस सत्य से अलग तो नहीं होगे? फिर भी उससे लगे रहकर अपने लक्ष्य की ओर सतत बढ़ते रहोगे ना?
4. सत्य का अनुसरण करो, फिर वह तुम्हें चाहे जहाँ तक ले जाए, प्रत्येक भाव को उसके चरम सिद्धान्त तक ले जाओ। कायर और कपटी मत होना।
5. पहले, हम देवता बनें और दूसरों को देवता बनने में सहायता दें। "बनो और बनाओ"-बस यही हमारा मन्त्र हो।

सेवा

6. प्रत्येक पुरुष को, प्रत्येक स्त्री को-हर एक जीव को भगवत् स्वरूप समझो। तुम किसी की सहायता नहीं कर सकते, तुम केवल सेवा मात्र कर सकते हो, प्रभु की सन्तानों की सेवा करो, साक्षात प्रभु की ही सेवा करो - जब कभी तुम्हें अवसर मिले। यदि प्रभु की इच्छा से तुम उनकी किसी सन्तान की सेवा कर सको, तो सचमुच तुम धन्य हो, अपने आपको बड़ा मत समझो। तुम धन्य हो कि वह अवसर तुम्हें दिया गया, दूसरों को नहीं। उसे पूजा की दृष्टि से देखो। ग़रीब और दुखी लोग तो हमारी मुक्ति के लिए हैं, ताकि रोगी, पागल, कोढ़ी और पापी के रूप में अपने सामने आने वाले प्रभु की हम सेवा कर सकें।

7. मानव-देह में प्रतिष्ठित मानव-आत्मा ही एकमात्र पूजनीय भगवान है। अवश्य, समस्त प्राणियों की देह भी मन्दिर है, पर मानव-देह सर्वश्रेष्ठ है-वह मन्दिरों में ताजमहल है। यदि मैं उसमें भगवान की पूजा कर सकूँ, तो और कोई भी मन्दिर किसी काम का ना होगा।

8. क्या तुम अपने बन्धुओं से प्रेम करते हो? भगवान को खोजने तुम कहाँ जाओगे? - क्या ये ग़रीब, दुखी और दुर्बल, भगवान नहीं हैं? पहले उन्हीं की पूजा क्यों नहीं करते? गंगातीर पर कुआँ खोदने क्यों जाते हो? प्रेम की सर्वशक्तिमत्ता में विश्वास रखो। इस सब नाम-यश की कौन परवाह करता है क्या तुममें प्रेम है? यदि है, तो तुम सर्वशक्तिमान हो। क्या तुम पूर्णतः निःस्वार्थ हो? - यदि हाँ, तो तुम अजेय हो। चरित्र ही सर्वत्र फलदायक है। यह ईर्ष्या और छल-कपट छोड़ दो। दूसरों के लिए संगठित होकर कार्य करना सीखो। यही हमारे देश की एक बड़ी आवश्यकता है। धीरज रखो। और मरते दम तक निष्कपट और सच्चे रहो। आपस में मत झगड़ो। पैसे के व्यवहार में बिलकुल निष्कलंक रहो। जब तक तुममें विश्वास, सच्चाई और निष्ठा है, तक तक प्रत्येक क्षेत्र में उन्नति होगी। जब तक तुममें आपस में अनमेल का भाव नहीं है, तब तक मैं विश्वास दिलाता हूँ कि भगवान की दया से तुम्हारे लिए कोई भय नहीं है। अपना हृदय तब तक ना खोलो, जब तक तुम यह निश्चित रूप से ना जान लो कि उससे सचमुच भला ही होगा। अपने बड़े से बड़े शत्रु के प्रति भी अच्छे और उपकारी शब्दों का प्रयोग करो।

9. विकास ही जीवन है और संकोच ही मृत्यु। प्रेम ही विकास है और स्वार्थपरता ही संकोच। अतः प्रेम ही जीवन का एकमात्र नियम है। जो प्रेम करता है, वह जीता है। जो स्वार्थी है, वह मरता है। अतः प्रेम के लिए ही प्रेम करो, क्योंकि प्रेम ही जीवन का एकमात्र नियम है।

10. मैं तुम सबसे यही एक बात चाहता हूँ कि तुम सदा के लिए स्वार्थपरता, कलहप्रियता और ईर्ष्या का त्याग कर दो। तुम सबको धरती माता की भाँति सर्वसहिष्णु होना चाहिए। यदि तुम ऐसे हो सको, तो सारी दुनिया तुम्हारे पैरों पर लोटने लगेगी।

11. जो आज्ञा पालन करना जानता है, वही आज्ञा देना भी जानता है। पहले आज्ञापालन करना सीखो। हम चाहते हैं संगठन। संगठन ही शक्ति है, और उसका रहस्य है-आज्ञापालन।

12. अपनी ग़रीबी के विचार दूर फेंक दो। भला तुम किन बातों में ग़रीब हो? क्या तुम इसलिए ऐसा सोचा करते हो कि तुम्हारे पास गाड़ी-घोड़े आदि नहीं हैं अथवा दस-बीस नौकर नहीं है, जो तुम्हारे पुकारते ही दौड़कर हाज़िर हो जाएँ? उससे क्या? तुम क्या जानो कि यदि तुम अपने हृदय का खून बहाते हुए दूसरों के लिए दिन-रात कार्य करते रहो, तो जीवन में ऐसा कुछ भी ना रह जाएगा, जो तुम ना कर सको।

13. जब तक "मत छुओ वाद' तुम्हारा धर्म है और रसोई का बर्तन तुम्हारा देवता है, तब तक तुम्हारी आध्यात्मिक उन्नति नहीं हो सकती।

14. ऐ नवयुवकों, मैं ग़रीबों, मूर्खों और उत्पीड़ितों के लिए इस सहानुभूति और अथक प्रयास को थाती के तौर पर तुम्हें सौंपता हूँ। जाओ, इसी क्षण जाओ उस पार्थसारथी के मन्दिर में, जो गोकुल में दीनदरिद्र ग्वालों के सखा थे, जो गुहक चाण्डाल को भी गले लगाने में नहीं हिचके, जिन्होंने अपने बुद्ध-अवतार में अमीरों का न्योता अस्वीकार कर एक वारांगना का न्योता स्वीकार किया और उसे उबारा, जाओ उनके पास, साष्टांग प्रणाम करो और उनके सम्मुख एक महाबलि दो, अपने जीवन की बलि दो-उन दीन, पतित और उत्पीड़ितों के लिए जिनके लिए भगवान युग-युग में अवतार लिया करते हैं और जिन्हें वे सबसे अधिक प्यार करते हैं।

15. जो शिव की सेवा करना चाहता है, उसे पहले उनकी सन्तानों की-इस संसार के सारे जीवों की सेवा करनी चाहिए। शास्त्रों में कहा गया है कि जो भगवान के सेवकों की सेवा करते हैं, वे भगवान के सबसे बड़े सेवक हैं। निःस्वार्थता ही धर्म की कसौटी है। जिसमें इस निःस्वार्थता की मात्रा अधिक है, वह अधिक आध्यात्मिक-सम्पन्न है और शिव के अधिक निकट है। और यदि कोई स्वार्थी है, तो फिर चाहे उसने सारे मन्दिरों के दर्शन क्यों ना किए हों, सारे तीर्थों में ही क्यों ना घूमा हो, अपने को चीते के समान क्यों ना रंग डाला हो, परन्तु फिर भी वह शिव से बहुत दूर है।

16. सारी उपासना का सार है-पवित्र होना और दूसरों की भलाई करना। जिसके लिए शिव दीन-हीन में, दुर्बल में और रोगी में देवता हैं, वही वास्तव में शिव की उपासना करता है और जो शिव को केवल मूर्ति में देखता है, उसकी उपासना तो केवल प्रारम्भिक है। जो मनुष्य शिव को केवल मन्दिरों में देखता है, उसकी अपेक्षा शिव उस व्यक्ति पर अधिक प्रसन्न होते हैं, जिसने बिना किसी प्रकार जाति, धर्म या सम्प्रदाय का विचार किए एक दीन-हीन में शिव को देखते हुए उसकी सेवा और सहायता की है।

17. 'अनासक्त' हो जाओ, शरीर कार्य करे, इन्द्रियाँ काम करें, अविराम कर्म करो, पर लहर भी मन पर अधिकार ना जमाने पाए। इस ढंग से काम करो, मानो तुम इस दुनिया में एक विदेशी हो, एक यात्री हो। सतत काम करो, पर अपने को बन्धन में मत जकड़ लेना, बन्धन बड़ा भयानक है।

18. जो व्यक्ति अपने आपसे घृणा करने लगता है। उसके पतन के द्वार खुल जाते हैं और ठीक यही बात राष्ट्र के संबंध में भी है। हमारा पहला कर्तव्य है-अपने आपसे घृणा ना करना, क्योंकि उन्नत होने के लिए हमें पहले अपने आपमें विश्वास लाना होगा और फिर ईश्वर में।

19. जो प्रगति के मार्ग में कुछ रोड़े हैं अथवा जो पतन में सहायता करता है, वही 'अधर्म' है, और जो कुछ हमारे ऊपर उठने तथा द्वन्द्वरहित होने में सहायक होता है, वही 'धर्म' है।

त्याग

20. मुक्ति उसी के लिए है, जो दूसरों के लिए सब कुछ त्याग देता है। और दूसरे कुछ लोग ऐसे होते हैं, जो दिन-रात "मेरी मुक्ति, मेरी मुक्ति" कहकर माथापच्ची करते रहते हैं। वे वर्तमान और भविष्य में होने वाले अपने सच्चे कल्याण की सम्भावना को नष्ट कर यत्र-तत्र भटकते फिरते हैं। मैंने स्वयं अपनी आँखों से ऐसा अनेक बार देखा है।

21. किसी धार्मिक सम्प्रदाय का पतन उसी दिन से आरम्भ हो जाता है, जिस दिन से उसमें धनिकों की उपासना पैठ कर जाती है।

22. हमें यह ध्यान रखना चाहिए कि हम सभी संसार के ऋणी हैं। हम सबके लिए यह तो एक महान सौभाग्य है कि हमें संसार के लिए कुछ करने का अवसर मिला है। संसार की भलाई करने में हम वास्तव में अपनी ही भलाई करते हैं।

श्रद्धा

23. उतावलेपन से कुछ नहीं होता है। सफलता के लिए ये तीन बातें अनिवार्य हैं-पवित्रता, धैर्य और अध्यवसाय और सर्वोपरि चाहिए प्रेम। अनन्त काल तुम्हारे सामने है, इस उतावलेपन की कोई आवश्यकता नहीं।

24. तुम थोड़ी-सी परिमार्जित भाषा में बात कर सकते हो और बस इसलिए सोचते हो कि तुम साधारण जन से ऊँचे हो! और सर्वोपरि, यदि कहीं तुममें आध्यात्मिकता का अहंकार घुस गया, तब तो धिक्कार है तुम्हें! वह तो सबसे भयंकर बन्धन है।

25. धर्म को लेकर कभी विवाद मत करो। धर्मसंबंधी सारे विवाद और झगड़े केवल यही दर्शाते हैं कि वहाँ आध्यात्मिकता का अभाव है। धर्मसंबंधी झगड़े सदैव खोखली और असार बातों पर ही होते हैं। जब पवित्रता-आध्यात्मिकता-आत्मा को छोड़कर चली जाती है, तभी शुष्क झगड़े-विवाद आरम्भ होते हैं। उसके पूर्व नहीं।

तोड़ो जंजीरे जकड़े हैं पैर तुम्हारे-वे सोने की हों तो क्या
कसने में तुमको हारे? अनुराग-घृणा-संघर्षण, उत्तम व अधम विवेचन,
इस द्वन्द्वभाव को त्यागो, है त्याज्य उभय आलम्बन।
आदर गुलाम रहेगा कालिख का तिलक लगाए।

स्वामी विवेकानंद के जीवन की झाँकियाँ

"मैं तरुणों को संगठित करने के लिए पैदा हुआ हूँ और मैं इन्हें देशभर में दुर्दमनीय तरंगों की भाँति देखना चाहता हूँ, जिससे वे नीच से नीच पददलित के दरवाज़े तक सुख-सुविधा, नैतिकता, धर्म और शिक्षा पहुँचा सकें। यह मैं करुँगा या मरुँगा"।

—स्वामी विवेकानंद

स्वामी विवेकानंदजी का जन्म 'दत्त' उपाधि वाले सुशिक्षित क्षत्रिय परिवार में 12 जनवरी 1863 को कलकत्ता में हुआ था। उस दिन मकर संक्रान्ति का पावन पर्व भी था। उनके पिता विश्वनाथ दत्त कलकत्ता के लब्धप्रतिष्ठ वकील थे, तथा माँ भुवनेश्वरी देवी श्रद्धाभक्ति से परिपूर्ण पुराण, रामायण, महाभारत आदि धार्मिक ग्रन्थों में आस्था रखने वाली हिन्दू महिला थीं। कहा जाता है कि शिशु का जन्म वाराणसी के वीरेश्वर शिव के प्रसाद से हुआ था, अतः नाम रखा गया वीरेश्वर, किन्तु प्यार से उन्हें बिले कहा जाता था, परन्तु उनका व्यावहारिक नाम 'नरेन्द्रनाथ' अथवा संक्षिप्त रूप 'नरेन्द्र' या 'नरेन' ही सर्वत्र प्रचलित था।

बालक नरेन्द्र अत्यन्त साहसी, निर्भीक, कुशाग्र बुद्धि, प्रत्युत्पन्नमति ज्ञानपिपासु तथा अद्भुत स्मरणशक्ति से युक्त था। शरीर का गठन सुन्दर, बलिष्ठ था तथा कमलदलायत चमकीले नेत्र थे। प्रकृति से पिता के समान स्वतंत्र विचार, उदार और दूसरों के प्रति सहानुभूतिपूर्ण। इन्हीं गुणों के कारण स्वाभाविक रूप से खेलकूद विद्याभ्यास में बालमण्डली का नेतृत्व तथा सर्वदा अग्रगण्य।

किशोरावस्था में महाविद्यालय में प्रवेश करते ही अन्तःस्थित गुणों का सर्वतोमुखी विकास दृष्टिगोचर होने लगा। उस समय साहित्य, संगीतादि कलाओं के साथ-साथी सभी प्रकार के ज्ञान-विज्ञान की प्राप्ति के लिए जिज्ञासा तथा प्रयत्न प्रारम्भ हो गया। युवावस्था की प्राप्ति के समय स्वदेश ही नहीं, विश्व की सामाजिक तथा सांस्कृतिक विकास की धारा मन मस्तिष्क में प्रवाहित होने लगी। स्वदेश का अतीत, वर्तमान तथा भविष्य विचारों को आलोड़ित करने लगा। वे चिन्तन प्रिय होने लगे। उनकी अन्तरात्मा में एक अनभिव्यक्त और व्यापक चिन्ता अस्पष्ट रूपायित होने लगी। अनेक प्रश्न मानस का मन्थन करने लगे। सतत प्रवाहमान जगत की उत्पत्ति का कारण कौन है? जीवन का उद्देश्य क्या है? क्या इन सबके पीछे, अनादि अनन्त शाश्वत चरम सत्य है? जिससे जीवन की गति और उसकी बहुमुखी अभिव्यक्ति अर्थवत हो सकती है।

नरेन्द्र ने सुना था, पढ़ा भी था कि ईश्वर ही समस्त जगत का मूल कारण है, अतः उसी की भक्ति तथा प्रार्थना करनी चाहिए, पर उन्होंने स्वयं से पूछा कि क्या ईश्वर का अस्तित्व है? यदि है तो कहाँ है? उसका स्वरूप क्या है? क्या उसका साक्षात्कार सम्भव है? मन में एक अजीब विचारों का तूफ़ान उमड़ता घुमड़ता रहता। इसी मनःस्थिति में वे ब्रह्म समाज के सदस्य बन गए। प्रायः वे प्रवचनकारों को ध्यान से सुनते तथा पूछते क्या उन्होंने ईश्वर को देखा है? सर्वत्र निराशाजनक उत्तर मिलता।

एक दिन प्राध्यापक हेस्टी ने पढ़ाते-पढ़ाते रामकृष्णदेव का ईश्वर प्रेम तथा उनकी सतत समाधि की अवस्था का उल्लेख किया। जिज्ञासु नरेन्द्र के पैर रामकृष्णदेव के दर्शनों के लिए दक्षिणेश्वर की ओर मुड़ गए और जाते ही उन्होंने वही प्रश्न किया, लेकिन इस बार बड़ा अद्भुत तथा स्पष्ट उत्तर मिला "हाँ, मैंने देखा है ईश्वर को जैसे कि तुम्हें देख रहा हूँ, बल्कि उससे अधिक स्पष्ट रूप से देखता हूँ, क्या तुम स्वयं देख सकते हो"। युवक नरेन्द्र इस प्रकार के उत्तर से चकित रह गए, लेकिन उनका वैज्ञानिक और तार्किक मन इस उत्तर से सहसा आश्वस्त कैसे होता, लेकिन रामकृष्णदेव के अलौकिक व्यक्तित्व, सत्यप्रियता तथा सरलता की उपेक्षा भी सम्भव नहीं थी। युवक नरेन्द्र की जिज्ञासा तथा कौतूहल ने उन्हें रामकृष्णदेव के पास बार-बार जाने के लिए विवश कर दिया। उन्होंने उन्हें निरीक्षण, परीक्षण और तर्कों से अच्छी

तरह से समझा और उनके दिव्य तथा विलक्षण व्यक्तित्व से अभिभूत होकर उनके शिष्य बन गए। साधना तथा भक्ति द्वारा उन्होंने माँ काली के साक्षात दर्शन करने में सफलता प्राप्त की। इतना ही नहीं, उन्हें निर्गुण तथा सगुण आध्यात्मिक अनुभूतियाँ भी हुईं, जिसका चूडान्त था रामकृष्णदेव के तिरोभाव से कुछ पूर्व निर्विकल्प समाधि द्वारा अद्वैतानुभूति।

श्रीरामकृष्णदेव ने उनसे कहा, "माँ ने तुम्हें चरम सत्य को दिखा दिया है, अब इस निर्विकल्प समाधि को ताला लगेगा और उसकी चाबी मेरे पास रहेगी। जब तुम जगत के कल्याण के लिए माँ का काम पूरा करोगे, तब फिर से द्वार खुलेगा"। यह कहकर उन्होंने नरेन्द्र को परब्रह्म की शक्ति स्वरूपिणी जगन्माता काली को सौंप दिया।

श्रीरामकृष्णदेव के जीवन के अन्तिम दिनों में कुछ ऐसी महत्त्वपूर्ण घटनाएँ हुईं, जिनसे नरेन्द्र (विवेकानंद) का जगत कल्याण का कार्य रूपायित होता हुआ दृष्टिगोचर हुआ। अब नरेन्द्र समझ चुके थे कि श्रीरामकृष्ण ईश्वरीय अवतार हैं। श्रीरामकृष्ण ने भावावस्था में कहा भी था, "जो राम हुए थे और जो कृष्ण थे, वही परमेश्वर अब श्रीरामकृष्ण के रूप में आए हैं"।

उनके आविर्भाव का प्रयोजन है ईश्वर के अस्तित्व की सत्यता को सुनिश्चित करना तथा समस्त विश्व में सर्वधर्म समन्वय की स्थापना करना। द्वितीय, श्रीरामकृष्ण ने अपनी समस्त आध्यात्मिक शक्तियों का नरेन्द्र के भीतर संचार कर कहा था, "इन शक्तियों से तुम जगत का कल्याण करोगे"। उन्होंने मृत्युशैया से कागज़ के एक टुकड़े पर लिखा, "नरेन्द्र लोकशिक्षा देगा देश के भीतर और बाहर उसकी पुकार सुनी जाएगी"। कागज़ का यह टुकड़ा अभी भी सुरक्षित है। जब नरेन्द्र ने उक्त कार्य को करने से मना किया, तो श्रीरामकृष्णजी ने नरेन्द्र के अतिरिक्त 15-16 अन्य शिष्यों को भी गैरिक वस्त्र प्रदान कर ईश्वर दर्शन तथा जीवन सेवा करने के लिए तैयार किया था और मृत्यु से पूर्व उन सबका भार तथा नेतृत्व नरेन्द्र को ही सौंपा था।

श्रीरामकृष्णदेव ने 16 अगस्त 1886 के दिन महासमाधि ले ली। तदनन्तर बहुत शीघ्र सभी युवा शिष्यों ने संन्यास ग्रहण कर संन्यास सूचक नाम धारण कर लिए और नरेन्द्र हो गए स्वामी विवेकानंद। सभी शिष्य अपनी साधना, स्वाध्याय, ज्ञानार्जन तथा तीर्थयात्रादि में तन्मय हो गए तथा उन्होंने एक मठ की भी स्थापना की। स्वामी विवेकानंद ने हिमालय से सुदूर

दक्षिण तथा भारत के प्रसिद्ध तीर्थ स्थानों के दर्शन के साथ भारत दर्शन का फ़रवरी 1891 में संकल्प किया। तीर्थ यात्रा करने के साथ-साथ वे भारतीय जनता के सामाजिक तथा जीवन स्तर से भी अवगत होने के प्रबल इच्छुक थे। लगभग समस्त उत्तर भारत की यात्रा के बाद वे कन्याकुमारी आए। देवी कन्याकुमारी को प्रणाम किया। थोड़ी दूर तक समुद्र में तैरकर एक शिला पर बैठकर ध्यानस्थ हो गए। पहले उत्तर में हिमालय के उत्तुंग शिखर पर बैठकर शिवाराधन में ध्यानस्थ, फिर दक्षिण में शिव की शक्ति स्वरूपा कन्याकुमारी की आराधना में ध्यानस्थ। शिव तथा उनकी शक्ति को संयुक्त रूप से आत्मसात करने के लिए भागीरथ प्रयत्न। यहीं ध्यानावस्था में सम्पूर्ण भारत, भारत का अतीत, वर्तमान तथा भावी भारत का स्पष्ट रूप दृष्टिगोचर हुआ, साथ ही उनके अंतर्मन में भारत के उत्थान तथा जगत्कल्याण की भावना ने मूर्त्तरूप धारण लिया। गौतम बुद्ध के समान मानो अब उन्हें बोध हो चुका था।

स्वामीजी जगन्माता से शक्ति तथा स्फूर्ति प्राप्त कर वे मद्रास आए, तथा वहाँ युवकों को सम्बोधित कर भावी कार्यक्रम का सूत्रपात कर दिया। लक्ष्य रखा देशोत्थान तथा जगत का उद्धार।

वर्ष 1893 में शिकागो में विश्वधर्म सम्मेलन आयोजित हुआ। निश्चय हुआ कि स्वामीजी उक्त सम्मेलन में हिन्दू धर्म के प्रतिनिधि के रूप में भाग लें। अब तक स्वामीजी के अनेक शिष्य तथा अनुयायी बन चुके थे। उनमें एक थे खेतड़ी (राजस्थान) के राजा। उन्होंने मार्ग व्यय का भार वहन किया और स्वामीजी 31 मई 1893 में 'भारत की साम्राज्ञी' नामक जहाज में सवार होकर जापान होते हुए 25 जुलाई 1893 को वैंकूवर नामक बन्दरगाह पर जा उतरे और 30 जुलाई को शिकागो पहुँच गए।

अमेरिका पहुँचते ही स्वामीजी के स्वर्णिम स्वप्न हवा हो गए। इसके कई कारण थे। पहला, अधिवेशन स्थगित हो गया था, दूसरा, प्रतिनिधि के पंजीकरण की तिथि निकल गई थी, तीसरा, किसी प्रतिनिधि के रूप में भाग लेने के लिए किसी गणमान्य व्यक्ति का अनुशंसा-पत्र उनके पास नहीं था, इसके अलावा अर्थाभाव भी था। अतिशय शीत तथा वस्त्राभाव से स्वामीजी को बड़े कष्ट उठाने पड़े। अमेरिका की रंगभेद नीति ने भी उनकी मानसिक व्यथा को द्विगुणित कर दिया, किन्तु हताश ना होते हुए उन्होंने प्रत्युत्पन्नमतित्व का परिचय देकर बोस्टन नामक नगर के लिए प्रस्थान किया। जगन्माता ने

भावी कार्यक्रम पहले से तैयार कर रखा था, वे तो निमित्त मात्र थे। ट्रेन में एक अमेरिकी महिला उनसे इतनी प्रभावित हुई कि उसने उनसे अपने घर पधारने की प्रार्थना की। उक्त महिला के आतिथ्य को स्वीकार करके वे वहाँ रहे तथा वहाँ स्वामीजी के प्रवचनों का आयोजन किया गया। वहीं हार्वर्ड विश्वविद्यालय के प्राध्यापक 'जॉन हेनरी राइट' उनके सम्पर्क में आए। राइट स्वामीजी के व्यक्तित्व तथा अगाध पाण्डित्य से बहुत प्रभावित हुए तथा उन्हें बड़े संकोच के साथ एक अनुशंसात्मक प्रशस्ति-पत्र भी दे दिया, ताकि वे शिकागो सम्मेलन में सरलता से भाग ले सकें। पत्र में लिखा गया था कि "पत्रवाहक महानुभाव अमेरिका के सभी सम्मिलित विद्वानों के एकीकृत रूप से अधिक प्रतिभाशाली विद्वान हैं।

11 सितम्बर 1893 को सम्मेलन प्रारम्भ हुआ। स्वामीजी समय पर शिकागो पहुँच गए। उस समय वहाँ कोई भी परिचित नहीं था, किन्तु जैसे ही वे बोलने के लिए खड़े हुए तो उन्होंने सम्बोधित करते हुए कहा, "अमेरिका के प्यारे भाइयों और बहिनों!" तो दो मिनट तक तालियों की गड़गड़ाहट कानों की झिल्ली फाड़ती रही। इन दो शब्दों से लगभग सात सहस्त्र नर-नारी भावाभिभूत हो गए, क्योंकि इन दो शब्दों के अन्दर जो भाव या ध्वनि थी, उसने लोगों को बड़ी गहराई तक स्पर्श किया। स्वामी विवेकानंद ने आगे कहा, "यदि किसी व्यक्ति को आशा है कि यह एकता किसी एक धर्म की विजय और दूसरे धर्म के विनाश से होगी, तो मैं उनसे कहता हूँ कि बन्धु, तुम्हारी आशा असम्भव है। क्या मेरी अभिलाषा यह है कि ईसाई हिन्दू हो जाएँ? भगवान ऐसा ना करे। क्या मेरी अभिलाषा यह है कि हिन्दू या बौद्ध को ईसाई नहीं होना है? किन्तु हरेक को यह प्रयत्न करना है कि वह दूसरे की भावना को आत्मसात कर ले और फिर अपने व्यक्तित्व को सुरक्षित रखते हुए स्वयं अपने विकास नियम द्वारा विकसित हो"। स्वामीजी का भाषण अमेरिका निवासियों के लिए एक नया अनुभव तथा एक प्रकार का जादू था। उन्हें लगा कि कोई देव मानव रूप धारण कर उन्हें आशीर्वचन दे रहा है। यहीं से स्वामीजी की आध्यात्मिक विश्व विजय का सूत्रपात हो गया। श्रीकृष्ण का 'पाँचजन्य' और अर्जुन का 'देवदत्त' शंख बज गए।

अमेरिका में स्वामीजी के विरोधियों की संख्या भी पर्याप्त थी। उन्हें नीचा दिखाने के प्रयत्न भी हुए। परीक्षा भी ली गई। स्वामीजी के शयन स्थल पर रूप यौवन सम्पन्ना ललनाएँ भेजी गईं, किन्तु आजीवन कुमार इस

ब्रह्मचारी को कोई विचलित नहीं कर सका। अतिशय शीत के कारण स्वामीजी को वहाँ बड़े-बड़े कष्ट भी हुए, कई लोगों ने फब्तियाँ कसी कि, "जाड़े में शैतान मर जाएगा"।

अमेरिका में कई साल प्रवास कर स्वामीजी इंग्लैण्ड, जर्मनी, फ्रांस, इटली आदि देशों में औपनिषदिक पर व्याख्यान देते हुए भारत लौटे। प्रथम, मद्रास तदनन्तर कलकत्ता में स्वामीजी का अभिनन्दन किया गया। पन्द्रह-पन्द्रह बीस-बीस मानपत्र दिये गये, अन्य नगरों में भी स्वामीजी का भव्य स्वागत किया गया। तदनन्तर 'चरैवेति, चरैवेति' उनके जीवन का मूल मन्त्र बन गया। समस्त भारत में घूम-घूमकर दलित, पतित, पीड़ित, अशिक्षित, निर्धन भारतवासियों के अभ्युत्थान में अपना जीवन उत्सर्ग कर दिया।

अत्यधिक श्रम के कारण स्वामीजी का शरीर जर्जरित होने लगा। डाक्टरों ने विश्राम का परामर्श दिया। इन दिनों वे अक्सर कहा करते थे कि अब दुनिया में मेरा कार्य पूरा हो चुका है। उन दिनों वे प्रायः समाधि की अवस्था में रहा करते थे। 4 जुलाई 1902 संध्या समय भ्रमण कर लौटे, माला जपी और बेलूर मठ में ही महासमाधि ले ली तथा दिव्य परमधाम को सिधार गये।

1 मई, 1807 में बेलूर नामक स्थान पर उनके द्वारा निर्मित मठ तथा मिशन भगवान रामकृष्ण की शिक्षाओं तथा उपदेशों का प्रचार-प्रसार करने के साथ-साथ मानवता तथा सर्व धर्मों की एकता का महान कार्य कर रहा है।

रामकृष्ण मिशन सर्वदा उदार आन्दोलन बना रहा वह आर्यसमाज की भाँति इस्लाम और ईसाई धर्मों की आलोचना का विषय नहीं बना और न भारत में कटुता उत्पन्न की। भारतीय राष्ट्रीय आन्दोलन में बढ़-चढ़कर भाग लेने वाले महात्मा गाँधी आदि नेता स्वामीजी से अत्यधिक प्रभावित थे।

स्वामीजी के गुणों का आकलन छोटी-सी पुस्तक में सम्भव नहीं है किन्तु तो भी उनके महत्त्वपूर्ण कार्य तथा उपदेश इस पुस्तक का वर्ण्य विषय है।

लेखक के बारे में

प्रो. (डॉ.) सुरेश चन्द्र शर्मा

जन्म : 1 नवंबर, 1944, ग्राम गुलालई, सबलगढ़, ज़िला मुरैना (मध्य प्रदेश)

एम.एससी. (कृषि), पीएच.डी.

जवाहरलाल नेहरू कृषि विश्वविद्यालय, जबलपुर से वर्ष 2006 में प्रमुख वैज्ञानिक और मृदा विज्ञान विभागाध्यक्ष पद से सेवानिवृत्त।

छात्र जीवन से ही छात्र-कल्याण, सामाजिक तथा सांस्कृतिक क्षेत्रों में अनवरत सक्रिय कार्य करते रहे हैं। वैज्ञानिक शोधकार्य एवं अध्यापन के साथ सांस्कृतिक व आध्यात्मिक अध्ययन-अध्यापन करते हुए रामकृष्ण मिशन (बेलूर), विवेकानन्द केन्द्र (कन्याकुमारी), श्री सारदा संघ (कोलकाता) तथा श्रीअरविन्द सोसायटी (पुदुच्चेरी) से घनिष्ठ रूप से जुड़े रहे हैं। रामकृष्ण-विवेकानन्द-भावधारा, श्रीअरविंद साहित्य, पाण्डुरंग आठवाले स्वाध्याय आन्दोलन तथा गीताप्रेस (गोरखपुर) के साहित्य का स्वान्तः सुखाय, व्यक्तित्व विकासार्थ एवम् संस्कृति संवर्धनाय अनुवाद, लेखन, सम्पादन तथा संकलन किया है।

वर्तमान में रामकृष्ण आश्रम (ग्वालियर) के समन्वयक तथा श्रीअरविन्द सोसायटी - इंस्टीट्यूट ऑफ़ कल्चर (ग्वालियर) के प्रमुख मार्गदर्शक के रूप में अनेक सृजनात्मक कार्यों में व्यस्त हैं।

प्रकाशित पुस्तकें : *व्यक्तित्व विकास और भगवद्गीता, भागवत का शाश्वत संदेश - पिबत भागवतं रसमालयम्*

ई मेल : auropravesh.12131@gmail.com

मोबाइल : 9893394947

www.ingramcontent.com/pod-product-compliance
Lightning Source LLC
LaVergne TN
LVHW100401181026
850499LV00037B/559
* 9 7 8 9 3 8 8 2 4 1 7 5 5 *